Константин Лозинский

анекдот про газон

роман

2024

Bibliografische Information der Deutschen Nationalbibliothek:
Die Deutsche Nationalbibliothek verzeichnet diese Publikation in der Deutschen
Nationalbibliografie; detaillierte bibliografische Daten
sind im Internet über http://dnb.dnb.de abrufbar.

ISIA Media Verlag, Leipzig 2024

Дизайн обложки: Сергей Андриевич
Верстка: ORDEN COMPANY LTD, Praha/Inna Barabash
При оформлении обложки использована фотография из семейного архива автора

Alle Rechte vorbehalten
© Константин Лозинский, наследники, 2024
© ISIA Media Verlag, 2024

Printed in Germany

ISBN 978-3-910741-53-9

Моей жене

– Но и я стригу и поливаю!
– Я триста лет стригу и поливаю!

Из анекдота про газон

I. Ванда. То есть Гименей из табакерки

Он напрасно боялся – они не вошли. Они остановились на пороге.

Воспитательница, присев на корточки перед мальчиком лет восьми (Арсеньев оценил линию под натянувшейся тканью), помогала пристраивать кубики один к другому: составлять поезд.

– Ту-ту! – заглядывая мальчику в лицо, гудела воспитательница и толкала ряд вперёд.

Тут же стоял «настоящий» поезд – игрушечный, пластмассовые вагончики были очень похожи на кубики, из которых воспитательница предлагала мальчику составить свой состав. Ребёнок смотрел не на неё и не на игрушки, а куда-то в окно, он тяготился. Воспитательница снова и снова пыталась расшевелить его своим «ту-ту», и он, наверное чтобы она оставила его в покое, нехотя толкнул игрушечный поезд – тот опрокинулся – и сказал коротко, сипло: «ту!»

– Педагогический талант – просто невероятный! – восхищённо шептал директор. – Кто не понимает, думает: что особенного? Теперь все умные. Кого ни спросишь, как попугаи: нужен индивидуальный подход. А что это конкретно? Как это на практике? А она! Куда там вашему Песталоцци! Перед тем

станцует. Этому за ушком почешет. Третьему просто улыбнёт-
ся. А сейчас?! Да ведь такое «ту-ту» иной диссертации стоит...

Арсеньев рассеянно посмотрел на директора и, спохватив-
шись, кивком головы выразил согласие.

— Здесь, — жестом Петра Великого указал на открытую
дверь директор, — у меня ещё одна столовая будет. Для трудно
усваивающих. Обратите внимание — свет боковой. Понимаете,
зачем?

— Не раздражает? — неуверенно отозвался Арсеньев.

— Вы совершенно правы. А это в нашем непростом деле самое сложное — не раздражать!

Пахло клеем для обоев. Вошли. Постояли. Двинулись
дальше.

— Тут у нас приёмный покой, — буркнул директор, явно не
собираясь задерживаться.

— Сдают? — уточнил Арсеньев.

— Нечасто, но, знаете ли... — на ходу развёл руками директор. Выражение лица призывало понять и не осудить. Вдруг
остановился.

— Минуточку!

Прошествовал в приёмный покой, тихо спросил о чём-то
сестру в халате с розовым кантиком по воротнику (и где только
он берёт таких гёрлс, подивился Арсеньев), и, засияв улыбкой,
поманил его.

«Прикидывается Красной Бородой, а сам, небось, Синяя?»

— Берут! — шепнул директор, и Арсеньев увидел мужчину
и женщину с озабоченными лицами, застёгивавших джинсики
мальчишке, который безучастно смотрел мимо них.

Директор, бросив на Арсеньева ликующий взгляд, подступил к мужчине и женщине. Арсеньев следил за его лицом.
И заметил на этом лице смущение.

— Позвольте, товарищи Черных, пожать! — директор торопливо стиснул руку мужчины, которую тот не успел подать
как следует, и скользнул по руке женщины, занятой застёгива-

нием. Они оглянулись на него с недоумением, мужчина хмурился. А директор поднялся на цыпочки и заговорил, отступая:

– Ожидал только завтра... Не буду мешать... Но главное – от всего сердца, вам, товарищи Черных!

Директор часто-часто моргал пушистыми ресницами.

– И что интересно, – придержал он Арсеньева за локоть, когда они шли по коридору, – у них свои дети есть. Двое! Странность? Нет и ещё раз нет! Доброта. На ней мир стоит.

Он помолчал и добавил непонятно:

– А разные побочные мотивы – э, да знаете!.. Да и как кто понимает?

Они опять шли мимо игровой комнаты, и Арсеньев ещё раз услышал воспитательницыно «ту-ту», теперь приглушённое закрытой дверью. В голосе почудилась не просто усталость – безнадёжность.

Вот они в кабинете директора.

– Конечно, здесь опытные педагоги. Конечно, для большинства из них это не просто работа, конечно, да, да...

Он всё говорил, и Арсеньев изумился: до чего же доверчивый у него взгляд, совсем детский. Да ещё эти огромные ресницы!

– Но лично я считаю, самая никудышная семья лучше любого, трижды образцового интерната.

Опять взмахнул ресницами.

– Значит, решили...

Арсеньев расстегнул пуговичку под галстуком.

– Да... Но обязан предупредить! Не обижайтесь – иначе не могу. Вот вы человек пока холостой. Без супруги. Ведь не справитесь.

И директор уже другим, не детским взглядом посмотрел на Арсеньева.

– И помыть в нужный момент ребёнка, чтоб лишний раз не травмировать. И просто приласкать... («За ушком почесать, – вспомнилось Арсеньеву, – как собачонке».) «Ту-ту» какое-то сказать своевременно...

Директор не спускал с него жёсткого взгляда.

– Только женщина способна на настоящую ласку...

Арсеньеву стало не по себе от этого взгляда, опять доверчивого, детского. Оборотень какой-то!

Он поднял с пола свой дипломат, отодвинулся вместе со стулом и раскрыл дипломат на коленях.

– Не торопитесь доказывать! – взмахом руки остановил его директор, который по-своему понял намерения Арсеньева. – Чего только мне не демонстрировали! Один гражданин принёс справку о том, что он даже в праздники не употребляет спиртных напитков. Представляете?

Арсеньев рылся в дипломате.

– Разве дело в характеристиках?..

Наконец Арсеньев поднял глаза и отчётливо произнёс:

– Вы меня, очевидно, не поняли. Я пришёл не чтобы взять. Я пришёл... чтобы поместить.

Он запнулся всего на миг. И заставил себя не отвести взгляда. Он ждал недоумения. Осуждения. Но директор молча придвинул к себе бумаги – справку с места работы, паспорт, выписку из истории болезни мальчика – и углубился в них.

– Я не оправдываюсь, но... ведь здесь мальчику будет лучше.

Молчание.

«Чёртова Красная Борода!»

...Выжидательно улыбаясь, директор смотрел куда-то вдаль.

– Я обдумаю всё ещё раз, – говорил Арсеньев с лёгким раздражением, – и зайду к вам через несколько дней.

Директор с готовностью встал.

Арсеньев протянул было на прощание руку, но, не закончив жеста, переставил на столе пепельницу. Тоненько тенькнув, вывалилась спичка.

– Потом, я же не бросаю, – зло сказал Арсеньев. – Я буду навещать. Как все.

Директор положил спичку на место и с готовностью наклонил голову. Вежливый полупоклон.

Арсеньев чертыхнулся про себя, выжал улыбку, поклонился в ответ и вышел.

Он рванул с места свой голубой «бьюик-супер», будто стартовал в Туринском ралли.

У железнодорожного переезда пришлось ждать. Он вышел из машины. Длинный хвост грузовиков и невзрачных легковушек терялся за поворотом. Арсеньев сел за руль. Взгляд через дымчатое стекло упёрся в надпись-трафарет на заляпанном борту: «Осторожно, дети!». Он скрипнул зубами, глянул в зеркальце и насильно улыбнулся.

Когда он приехал домой, «баба» ухала вовсю. «Баба» – это он её так называл. Как вообще она называлась, эта громоздкая штука для заколачивания бетонных свай, он не интересовался.

Котлован, по краю утыканный сваями, напоминал пасть фантастического животного. «Ух! Ух!» – утробно стонала «баба», и всё вокруг сотрясалось. Два прожектора светили в котлован; красная лампочка на верхушке подъёмного крана, раскачиваясь от тяжких вздохов «бабы», подмигивала. Уже темнело. Он отошёл от окна.

«Если б я писал автобиографическую повесть, я назвал бы её «Вздох». Но незримый насмешник, чьё присутствие я теперь ощущаю так часто, высмеял бы, записной остряк, претенциозность. Заменить букву – что проще? Было – «Вздох», стало бы – «Вздор».

Арсеньев нажал клавишу «стоп» и отодвинул от себя микрофон. На треногу была нацеплена задорная «индейская» юбочка из соломы, в сеточку, окружавшую микрофон, воткнуто с десяток птичьих пёрышек. Арсеньев улыбнулся своим мыслям, хмыкнул. Нахмурился. Встал, прошёлся по комнате. Задержался у зеркала, рассеянно посмотрел на себя, вернулся к столу и, включив магнитофон, договорил:

«Я всё знаю про других. Я знаю, что случится в ближайшее время с людьми, так или иначе со мною связанными. Например, мне совершенно ясно, что Зубрицкий просто-напросто охотится за мной, видя во мне полезного человека, и я знаю, чем для него это кончится. Мне понятны наивные хитрости тёти Кати. Я догадываюсь, что Ванда неспроста прикидывается блаженной, и её деланный интерес к марьяжной проблеме – не что иное как маскировка, если не расчётливая, то интуитивная. Бедная женщина отчаялась выйти замуж, однако по биологической инерции продолжает штурмовать эту планку. Допускаю, что в моей оценке Инниных добродетелей есть перебор. Конечно, Инна относится ко мне так не только потому... впрочем, что уж об этом! Да, я всё знаю про них – и ничего про себя!»

Он опять встал. Магнитофон вертелся и вертелся, но он не обращал внимания.

«Боже мой, ведь не пошлый Зубрицкий, не убогая тётя Катя, не Ванда и даже не Инна главные персонажи моей повести! Я жалок, когда приглядываюсь к ним, я жду подсказки... Я ищу её в непроницаемых письменах «Засеки», кажущейся то вещей книгой, то насмешкой. Искать в себе самом? Как? В чём? В снах? В воспоминаниях детства? Моё собственное лицо, отражённое в зеркале, представляется мне глумливой подделкой. Оно ненатурально! Как ненатурально во мне всё; взять это надиктовывание на магнитофон! Я комбинирую чужие поступки с собственными снами, вглядываюсь в непостижимые знаки глухой «Засеки» и вслушиваюсь в звучание собственного голоса, доносящегося как будто с Луны, – а ответа нет, и прав двойник-пересмешник: не в з д о х всё это, а в з д о р».

«Они считают, что, по крайней мере, одно не должно вызывать сомнений: я талантлив. Ладно! Но мне срочно нужны недвусмысленные разъяснения, в общем-то, всего на свете! А всё зыбко, ускользающе... Люди «простодушничают» с умыслом или хитрят без оного, в январе в форточку влетает с мороза муха, комнатный лимон в апреле желтеет и сбрасывает листья... Но ведь, может, всё же не вздор? Может, вздох всё же?»

Арсеньев выключил магнитофон, закрыл глаза и проговорил:

– Или просто всё дело в том, что я интеллигент в первом поколении?

Была глубокая ночь. Он подошёл к окну. Фонарь, способный осветить лишь самого себя, выступал из темени. Через улицу, на углу, моргала неоновая вывеска:

АПТЕК–АПТЕКА

АПТЕК–АПТЕКА

АПТЕК–АПТЕКА

аптек аптека аптек аптека аптек аптека аптек аптек аптека аптек...

Он разделся, погасил свет и лёг.

Дверь осталась открытой, и в её проёме он увидел мальчика.

Пугливо озираясь, мальчик вышел из соседней комнаты и босиком прошлёпал в туалет. Арсеньев поднял голову и оставался в неудобной, напряжённой позе до тех пор, пока ребёнок скользящими сонными шагами не проплыл обратно. Когда мальчик оказался на фоне окна, тело по контуру вспыхнуло синим свечением, и Арсеньев вздрогнул.

Спустил ноги с кровати, посидел в темноте, потом сходил слить за мальчиком воду. Лёг и долго лежал с открытыми глазами. Но уснул, наконец.

Он припарковал «бьюик» метрах в десяти от входа, где стояла окружённая гудящей толпой «скорая помощь», и вошёл в винно-водочный отдел. Вертевшийся у прилавка тип с набрякшими фиолетовыми веками уставился на него, как на ненормального: Арсеньев купил бутылку коньяка «Молдова».

В продуктовом было не протолкнуться. Арсеньев нечаянно глянул под ноги и похолодел: на кафеле сгустилась кровь. Лужица величиной с ладонь.

– ...Женщина, а не испугалась – дала отпор хулигану! – толкнулся в висок резкий бабий голос.

– ...Просили её вмешиваться! – отозвался мужской, глухо, как через стенку.

– ...Вы же не вмешаетесь... эх, мужчины... – лениво плыл под покрытым пятнами сырости потолком третий голос.

Всякий раз невозможно было определить источник звука. Как в бане.

«Хулиган» – фамилия ирландской семьи, державшей в страхе всю округу», – мелькнуло в голове ненужное; он поморщился.

Заставляя себя не прислушиваться, двинулся к прилавку. Свежие брызги крови на стекле, на трубках, покрытых инеем, вынудили его отступить. По алюминиевому ребру витрины ритмично, с промежутками в полшажка, тянулись побуревшие, уже похожие на ржавчину отпечатки ладоней.

«Ирландская фамилия или английская?» – досаждала пустая мысль.

Ошеломлённый, он постоял и пошёл прочь.

– ...Валяется под ногами... топчете...

Этот голос принадлежал человеку, возникшему перед Арсеньевым внезапно, – чёртик выскочил из табакерки. Распрямившись и толкнув при этом Арсеньева, лысый человечек показал публике то, что он выудил из-под ног, – чьё-то служебное удостоверение. «Диспетчер-стивидор второго Одесского порта Талызина-Ружмонд Виктория Николаевна» – бросилось Арсеньеву в глаза, и захватило дух. Он всмотрелся в фотографию. Господи, это же она! Вита – его пионерлагерная «любовь», воспоминание двадцатилетней давности.

– Позвольте! – бесцеремонно протянул он руку за удостоверением, и оно очутилось у него на ладони.

– Знакомая? – спросил кто-то, и стало тихо.

– Что вы? – смотрел он непонимающими глазами, возвращая документ.

– ...Обознался...

– ...Ага! В свидетелях не хочет канителиться!..

Он дёрнулся: что за дурак это сказал?

– ...Приезжая... Одесситка... В ГУМе за покупками насто-
ялась...

Арсеньев шёл к выходу.

Толстая кошка дремала над лужицей молока, натёкшей из-
под ящиков с пакетами. Пакеты были в каплях росы.

На улице была ужасающая лужа крови.

Он уже сидел в машине. Мотор работал, а он не уезжал.
Вита была в двух шагах от него. Он подумал, что она истекает
кровью, рванул дверцу и выскочил из «бьюика», но скорая тронула с места и уехала.

Алик Арсеньев последний раз подтянулся, зажал коленями флагшток – металлическую трубу, покрашенную «серебри-
ном», – и набросил тросик на колёсико блока.

– Ну как? Есть? – крикнули нетерпеливо снизу.

– Есть, – срывающимся голосом ответил Алик Арсеньев.
И зажмурился, чтобы не видеть моря, плясавшего над верхуш-
ками акаций.

– Так слезай, чего ж ты? – сказали равнодушным голосом
далеко-далеко, на земле.

Ветер давил на уши. Выпущенный из рук тросик колотился
по стальной мачте. Алик Арсеньев съехал вниз, до крови сод-
рав кожу на правом бедре.

– Молодец! – похвалил старший пионервожатый, не посмо-
трев на Алика Арсеньева. Задрав голову, вожатый с удовольствием прислушивался к скрипу колёсика, вертевшегося туда
и сюда, когда он дёргал трос.

Алик Арсеньев поплевал на ладонь, ставшую грязной от
пыли на флагштоке, и принялся смачивать ссадину.

– Плыз, бой. На платок, – сказал человек с бычьей шеей,
вокруг которой был повязан пионерский галстук – шеф ла-

геря, прославленный гарпунёр прославленной китобойной флотилии.

Алик Арсеньев взял платок и покраснел. Он увидел себя со стороны, глазами гарпунёра. Ужасающе худой мальчик в некрасивой позе – враскоряку, с растопыренными острыми коленями, чёрными от загара. Ноги гарпунёра – внушительные тумбы, как бы в насмешку обтянутые несерьёзно тонкой материей модных заграничных брюк.

– Он же самый «освенцим» в старшем отряде имени Дюбакина! – с восторгом говорил гарпунёру пионервожатый. И, обняв Алика Арсеньева за плечи, исправился: – самый лёгкий!

– Клотик, – уперев толстенный палец в слоистое, сгустившееся небо, понимающе кивнул гарпунёр. И, налившись кровью, растянул на бычьей шее галстук. Синяя жила опала, но тут же снова вздулась. Ногти были с маникюром – розоватый бесцветный лак.

– Где мой сын? Нет, вы перестаньте свои хи́мины куры и скажите, где!

Алик Арсеньев услышал голос матери, затравленно оглянулся и увидел её, несущую грузное тело напролом через кусты, никшие за «линейкой», наведённой известью. Он закрыл глаза.

– Нет, как вы послали ребёнка на такой ответственный риск? Вы большой пу́риц, но я вам обещаю, хоть конец смены: это вам так боком не выйдет! – кричала мать, угрожающе надвигаясь на старшего пионервожатого. Тот отмахивался и отступал.

– Женщина, а я таки не вижу, с чего вам кричать полундру, – попытался уладить конфликт гарпунёр. На его лице, мужественном до неправдоподобия, была неотразимая улыбка. – Что он худей меня, так это таки да.

– Откормил ряшку и ещё смеётся! – заплакала мать. И с размаху ударила Алика Арсеньева по спине. – Ты меня спросил? Я тебе разрешила? Я тебе мать или я тебе посторонняя тётя Катя?

– Екатерина, не знаю отчества... – начал было вожатый, но она ребром разбухшей от стирок ладони сплющила воздух в сантиметре от ненавистного лица.

– Худой! Или я стираю на чужих людей, чтобы не кормить ребёнка?!

И опять стукнула Алика Арсеньева по спине. Он посмотрел на неё и понуро пошёл. Дети расступались перед ним.

– Куда ты пошёл? – надрывалась она, а он ускорял шаги. – Ты тоже хочешь кончить, как Пушкин?

– Во даёт! – осклабился Янька Ружмонд, рыжий детина с пунцовой физиономией. Он приставил пятерню к затылку Алика, оттянул средний палец и дал щелбана. Алик Арсеньев безучастно шёл вдоль забора. Янька Ружмонд быстро отстал: по обыкновению, скоро заскучал.

Потом Алик Арсеньев вместе с другими лучшими пионерами поднёс горящий факел к политому керосином костру и стал смотреть на искры, уносившиеся в чёрное небо. «Взвейтесь кострами, синие ночи! Мы – пионеры, дети рабочих...»

В хоре выделялся голос Виты.

Воздух прикасался к лицу влажным шифоном. Шифоновый платок – трофейный, присланный папой из Вены, – прилип к нестарой ещё шее матери. Темнота скрыла грубые стежки, которыми был обмётан обтрепавшийся за годы край платка.

Алик Арсеньев оглянулся на мать и убедился, что она сейчас на него не смотрит. Тогда он бросил быстрый взгляд на Виту.

– Во даёт! – кивнул Янька Ружмонд на Виту и озабоченно спросил: – Адрес взял?

– Нет, – обманул Алик Арсеньев.

– Возьми, – нахально потребовал Янька. – А то мне она не даёт, бикса с Ближних Мельниц.

Алик Арсеньев похолодел: знает, что она живёт на Ближних Мельницах, или сказал просто потому, что так говорят?

– Клич пионеров: всегда будь готов! – громко пропела

вместе с детьми сидящая среди родителей мать Алика Арсеньева, ему захотелось провалиться сквозь землю, а она ещё и повторила, сначала умилённо, а потом наставительно: – Клич пионеров: всегда будь готов! Не будь здоров, а будь готов.

– Во даёт! – кивнул Янька Ружмонд на мать Алика. И дал Алику щелбана.

Пользуясь темнотой, гарпунёр снял с шеи намучивший его галстук.

Он выложил из сумки продукты. Постоял. Отрезал на доске толстый кусок мяса и, плеснув в лицо водой из-под крана и подушечками пальцев смочив вокруг глаз, подставил мясо под струю. Бросил на сковородку, сел.

«Порск... порск-порск...» – странный звук донёсся из глубины квартиры.

Арсеньев поморщился, вышел из кухни, постоял, прислушиваясь.

«...порск...»

Он вернулся к сковородке.

«...порск-порск...»

Он сел на табуретку, сжал ладонями голову, но тут же отпустил руки и растерянно рассмеялся. Бросил случайный взгляд на руки, взял ножницы и срезал заусенец.

«...порск... порск-порск... порск...»

Будто гвоздём протыкали ткань. Теперь звук был ритмичнее.

Арсеньев выбежал из кухни. Щёлкнул проигрыватель, и музыка – «Последнее слово Пикассо», как его понимал ансамбль «Вингс», – наполнила квартиру. Арсеньев вернулся в кухню, сел к столу. Взгляд упал на тетрадку: тиснёный кожаный переплёт, застёжки из позеленевшей бронзы. Он поискал глазами ручку, взял её; она не писала. Нахмурился, машинальным движением достал из внутреннего кармана пиджака вторую ручку и стоя записал в тетрадке:

«К моим мыслям о человеческом счастье всегда почему-то примешивалось что-то грустное, теперь же, при виде счастливого человека...»

Мясо на сковородке бешено шипело. Он поискал глазами нож, но тут пошёл как раз тот кусок песни, когда говорит сам Пикассо. С ножом в руках он бросился к проигрывателю и прибавил громкость. Теперь можно было слышать, что говорит Пикассо под тихий аккомпанемент «Вингс»: «выпей за меня, выпей за моё здоровье, ты знаешь, я не могу больше пить».

Мясо бесновалось, но Арсеньев сперва подошёл к столу, закончил фразу и лишь после этого перевернул мясо, а затем, подумав, убавил огонь.

«...При виде счастливого человека... – прочёл он и дописал: ...мною овладевало тяжёлое чувство, близкое к отчаянию», – Чехов, «Крыжовник».

Тихий Пикассо закончил говорить, и «Вингс» тряхнули стены: «Drink to me! Drink to my health!..» – а потом запели так, что даже можно было уловить меланхолию.

Он сидел, тупо уставившись на плиту.

Пластинка кончилась.

«...порск... порск-порск... порск...»

Он разрезал лимон и выдавил из половинки немного сока на мясо. Неостывший жир угрожающе зашипел, и он отдёрнул руку. Тут зазвонил телефон.

Арсеньев прошёл мимо библиотеки, мимо комнаты-оранжереи, мимо ещё одной комнаты, назначение которой пока было непонятно: в ней стояло кресло, придвинутое к камину. Вошёл в кабинет.

– Ты, Ванда?

– Да так!.. Ладно. Но вообще не жди.

Не кладя трубку, набрал номер.

– Будьте добры Инну Викторовну... А куда – не сказала? И когда вернётся, не говорила? До свидания.

Побарабанил пальцами по телефону и направился в кухню.

Переложил мясо в тарелку – синий саксонский фарфор с мечами на тыльной стороне, – постоял, вертя в руке вилку, потом швырнул вилку в ящик и, пожав плечами, положил к мясу ложку. Поднёс тарелку к лицу, втянул запах.

Он остановился у приоткрытой двери в комнату, которая располагалась рядом с его кабинетом. Спорое, захлёбывающееся «порск, порск-порск, порск!» доносилось оттуда. Он толкнул коленом дверь, и звук оборвался. Не входя в комнату, поставил тарелку на стул у двери и, пошарив по стене, зажёг в комнате свет. Взглянул на часы: 16:59. Он подумал и выключил свет.

– Ешь! – заглянул он в комнату.

...Странно было видеть тарелку поставленной на стул. Вообще многое в этой квартире было непривычным: и стулья – белые, в стиле «рококо», на одном из них стояла тарелка, и мраморный камин (но ведь это – в обычном многоквартирном доме! куда же выведена тяга?), и экзотические растения, занимавшие всё пространство другой комнаты. Поразили бы и размеры кухни, и лепнина под высоченными потолками, и шёлк – длиннохвостые попугаи – на стенах комнаты с камином, и трёхцветный паркет в кабинете, и чёрный клавесин в библиотеке...

Взяв чемоданчик, он направился к двери.

«...Порск... порск-порск... порск...» – прорывали ткань в комнате рядом с его кабинетом.

– Ешь! – крикнул он, и звук оборвался.

Он закрывал дверь, как вдруг что-то пришло в голову. Вернулся в квартиру, но тут же вышел. В руках была отвёртка. Кроша шлицы, отвинтил табличку «Проф. Кочетков И.Ф.» – медную, давно не чищенную – и сунул в карман.

Ухала «баба».

Собака перебегала улицу на красный свет.

Табличку он нащупал в кармане, когда полез за ключами

от машины. Подержал её над урной и, усмехнувшись, раз-
жал пальцы. Из урны выплеснулось пламя – белое в ярком
свете дня.

А в это время мальчик лет восьми подошёл к тарелке с мясом, втянул ноздрями воздух и вернулся к подоконнику. На
подоконнике лежала машинка – что-то вроде челнока с заправ-
ленной толстой ниткой бордового цвета. Тут же лежал кусок
полотна, натянутый на квадратную рамку с дырочками, –
самодельные пяльцы из деталей детского конструктора. На
полотно цветными фломастерами был нанесён рисунок: две
строчки вертикальных чёрточек, две горизонтальных, строчка
крестиков, круг, квадрат, треугольник, а под всем этим про-
стенький орнамент, комбинация из всех элементов. Но стежки бордовой нитки, нисколько не считаясь с программой,
составляли свой рисунок. Впрочем, в строгом смысле слова
рисунком это назвать было нельзя: привычная логика отсут-
ствовала. Но что-то всё же угадывалось. Скорее всего, стежки
напоминали птицу. По её телу частыми волнами шли штрихи, которые были похожи не на перья, а скорее на рыбью че-
шую. А заполненная чешуйками плоскость была наложена на
контуры птицы с обидным перекосом. Так бывает, когда нечаянно сдвинут в сторону трафарет. Мальчик погладил свою
птицу-рыбу и, оглянувшись, спрятал пяльцы под ковёр. Туда
же он спрятал и челнок. Потом, ещё раз оглянувшись, мальчик
разулся. Сев на пол, мальчик пристроил ботинок на коленях,
чтобы сначала его ласково погладить, а потом повязать носик
косыночкой. Другой ботинок он тоже погладил, но на колени
не брал и косыночкой не повязывал. Ботинки он положил на
кровать, на подушку в кружевах, и накрыл одеялом так, что
видны были только носки. Мальчик засмеялся тихо и нежно
и быстро-быстро заговорил на каком-то языке – непонятном,
скорее всего даже не существующем. При этом он прикрывал
глаза ладошкой. Показывал ботинкам, как спят. Вот он подо-

шёл к тарелке с мясом, ел он стоя. Доев мясо, заинтересовался ложкой. Повертев её в руках, он придумал, что ему с ней делать. На подоконнике рос в большом вазоне цветок алоэ. Земля растрескалась – давно не поливали. Мальчик воткнул ложку черенком в землю, чтобы подпереть надломившуюся ветку. Руку неловко повело в сторону, и ветка упала. Мальчик поднял её, погладил ласково-ласково и понёс к кровати. Он уложил её рядом со спящими ботинками. С подружкой мальчика, потому что она была в косыночке, и его другом: рыжий шнурок вихорком выбился из-под одеяла. Ветке мальчик тоже показал, как спят. И тоже ей что-то сказал. После этого он, оглянувшись на приоткрытую дверь, извлёк из-под ковра рыбу-птицу и челнок с бордовой толстой ниткой.

«...Порск... порск-порск... порск...» – захлёбывалась игла. Чешуя ложилась далеко от птичьего хвоста, но всё равно получалось красиво.

– Боже, как вы все надоели! – говорил Арсеньев. – Будто я не знаю, что вы называете бешеными деньгами! Сто рублей для вас уже потусторонняя категория!

Верещагин, его приятель, виновато моргал и худой рукой вытирал огромную лысину, сиявшую в свете голой лампочки, болтавшейся над кухонным столом.

– В идеале я хотел бы видеть эту комнату круглой, стены обтянуты белой кожей...

– Натуральной? – ужаснулся Верещагин.

– Нет, содранной с тебя.

– А у меня, по-твоему?..

– Синтетика, из нефти. Не перебивай! Круглая, по кругу диван, причём удобный, без этого вашего уценённого модернизма в духе фабрики «Мосмебель». Но это нереально. У него дрессированная черепаха ползает по кругу.

– У кого? – округлил глаза Верещагин.

– У Сальвадора Дали.

— А... зачем? Просто так?

— Ага. Живой уголок, — усмехнулся Арсеньев. — К панцирю приделана пепельница, она себе ползает, а человечество стряхивает пепел.

— Извращение какое-то, — не удержался Верещагин.

— На себя посмотри! Ты — не извращение?

Лицо обидевшегося Верещагина пошло красными пятнами.

— Ладно, — похлопал его по плечу Арсеньев и тут же погрозил пальцем: — Только без этого твоего любимца! Без Корбюзье!

— Я его не люблю, Алик, но еда!.. Её же через всю квартиру носить! Нефункционально!..

— Ага, — в тон сказал Арсеньев, — споткнёшься — коврик обольёшь комбижиром. А коврик бешеных денег стоил, два рубля восемьдесят пять с половиной копеек. А главное — память, подарок к новоселью. У меня больше ста полезных метров. Кой чёрт мне совмещать столовую с кухней?

Верещагин перестал мигать и несмело спросил:

— Алик, ты мне случайно десятку не подкинешь? Я это... или в счёт работы!

Арсеньев полез за бумажником и положил перед Верещагиным пятидесятирублёвку.

— Это в счёт твоей загубленной жизни.

Рука Верещагина отодвинулась от зелёной бумажки.

— Да брось, — сказал Арсеньев примирительно. — Жаль мне тебя, дурака. Всех мне вас жаль. Ты талантлив. Что ж ты губишь свой талант? Думаешь, человечество скажет тебе спасибо? За непритязательность твою, за святую веру в сомнительную справедливость уравниловки? Нет в мире двух людей равных друг другу! Нет! Боже, Верещагин! На третьем курсе Суриковки ты волновался из-за своей обязывающей фамилии — а на четвёртом уже смиренно согласился на этот маразм за сто шестьдесят рублей в месяц: красить стены предприятий в цвета, которых не сыщешь в самом заброшенном закоулке Вселенной, сколько ни шарь радиотелескопом! Не в розовый, пусть самый пошлый, не в голубой с примесью лужниковской мочи, а в «цвет, поднимающий производительность»!

— Четвёртый и третий — эти два курса я особенно бедствовал, — тихо сказал Верещагин, и Арсеньев взорвался.

— А сейчас ты процветаешь? Господи, для вас, идиотов, на спичечных коробках пишут: «Человек создан для счастья, как птица для полёта», Короленко Владимир Галактионович! «В человеке всё должно быть прекрасно: и душа, и тело, и лицо, и одежда!»! Посмотри на свою одежду! Она впору твоей душе! «Человек — это звучит гордо!..» Ты видел, в каком доме жил Горький? Самый красивый дом в Москве!

Верещагин рассматривал вспотевшие ладони. На лысом темени билась жилка.

— У меня на этой работе много времени...

— Покажи что-нибудь новое, — попросил после паузы мрачный Арсеньев.

Суетясь, Верещагин вытаскивал из-под кухонного стола картину.

— Здорово.

Арсеньев смотрел со строгим и торжественным лицом.

— Очень здорово. Просто здорово!

— Я здесь, понимаешь, не сделал ей... — расплылся в улыбке Верещагин.

— Да замолчи ты! Убери руки! Здорово...

Насмотревшись, Арсеньев сказал:

— Слушай, Серёга Верещагин, хочу поручить тебе новый заказ. Ты сможешь! Значит, окно, за ним небо с таким облаком... ну, как всегда у сюрреалистов. На подоконнике гипсовая голова — женская, античная, глаза — как всегда у скульптур: незрячие, пустые и от этого — первозданный ужас! Над бровью отверстие, от пули, и оттуда льётся настоящая кровь. Из гипсового-то виска, а?! Я тебе привезу, у меня есть вырезка из журнала, сделаешь мне метра два на три... на четыре. Забыл, как называется...

— «Память», — отозвался Верещагин. — Рене Магритт.

— Живой ещё?

— Умер лет десять-двенадцать назад.

— Видишь, куда ни кинь, приходится тебе заказывать. И мне выгода – не платить в валюте. Эх ты, крылья для полёта, а лицо и спецодежда – для счастья.

Арсеньев опять повернулся к картине Верещагина. На ней была изображена женщина, выходившая из электрички. Лицо женщины... впрочем, описывать не имеет смысла – это была хорошая картина.

Верещагин дёргал клочкастую бородёнку и смотрел то на Арсеньева, то на свою женщину. Голова его почти задевала лампочку, по лысине яйцом каталось отражение.

— Пора двигать. В эскизах моих разберёшься? — Арсеньев щёлкнул ногтем по стопке четвертушек акварельного листа, брошенной на клеёнку в разводах чайной заварки, на хлебные крошки, на обкусанные хвостики редиски, обнял его и вышел. Верещагин долго смотрел на женщину, выходившую из электрички, потом спрятал картину под стол и засел за эскизы.

Вдруг на пороге вновь появился Арсеньев.

— Забыл позвонить.

Набрал номер, побледнел, сказал в трубку:

— Инна дома? Спасибо, ничего не надо передавать.

Посмотрел на Верещагина и сказал упавшим голосом:

— Правильно живёшь, завидую. А у меня всё как-то... мимо, Серёга...

Когда часов около десяти вечера Арсеньев вернулся домой, тётя Катя, его приходящая домработница и кухарка, женщина по-русски большая, внушительная, постоянно заставлявшая Арсеньева ощущать всю несолидность рубашек в талию, обтягивавших его плоское, почти мальчишеское тело, возилась в кухне и, по обыкновению, пела ахматовского «Сероглазого короля». Поскольку нравящееся стихотворение на музыку положено пока не было, тётя Катя воспользовалась мотивом популярной лет пятнадцать назад песни «Билет в детство» на слова поэта Роберта Рождественского.

Сла ватебее безысхо днаяболь
У мервчераа серогла зыйкороль
Ве черосеннии йбылду шениал
Му жмойвернувши ссьпоко йносказал
Зна ешьсохоты егоопри несли
Те лоустаро годууба нашли

— Добрый вечер, тётя Катя. Мне никто не звонил?

Арсеньев знал по опыту: задавать вопросы во время пения бессмысленно. Он терпеливо ждал, разглядывая свои узкие ногти и её широченную спину.

Жа
лькоролеву!
Такоой молодой!
За
ночьодну
онастаа ласедой!

— Мне никто не звонил?

— Ты, милок, нарочно его мясом пичкаешь? Чтоб на нашу голову раньше времени в силу вошёл? Что, милок, тогда делать будем?

— Найдём подругу по вкусу, такую же дефективную, а то и поболе, ибо жене положено быть глупее мужа, и проблема будет решена. Мне никто не звонил?

— Много ты, Алик, себе позволяешь. Квартиру у профессора захватил, мебель ещё хорошую повыкидал, деньги с книжки порастратил. А советы мои – побоку? Я тебе сколько раз говорила? Ребёнку нужны кабачки с морковью, а мясо и шоколад – борони Бог.

Тру бкусвоюу наками иненашел
И на рабоо туночну уюушел

Тётя Катя сняла крышку с морковных котлет и принялась их переворачивать. Арсеньев ненужно топтался за её спиной.

До чкумоюу ясейча асразбужу
Все рыеглазки еёо...

– Тётя Катя, в десятый раз спрашиваю: мне никто не звонил?

...погляжу.
– Тётя Катя!

Да что кричать – стрелять из пушки бесполезно. Он сел на табуретку, достал сигарету.

– Вы неправы, тётя Катя. У вас, как у представителя трудового народа, мои действия должны вызывать сочувствие. Когда пролетарии энд пейзане захватили Зимний, по-вашему, они тоже поступили некорректно? Да, кстати! А почему это вы со мной всегда столь... гм.. пренебрежительны?

А
заокноо
мшелестятто поля!
Не
тназемлее
моегоко роля!

– Допели? Или споёте мне дату? 11 декабря 1910-го. Царское Село. Опубликовано в журнале «Бювар», черновой автограф хранится в ЦГА...

— С тобой, Алик, надо — строго. Тебя беспрестанно шпынять надо, иначе бестолку, милок. Они захватили — они права имели.

— Я имею право.

— Ничего ты не имеешь, кроме того, что у тебя в штанах, прости, Господи, старую грешницу.

— Это профессор Кочетков занимал кафедру не по праву. И, следовательно, не по праву пользовался льготами.

— А тебя, без кола-двора, голодранище, приютил, когда жена выгнала.

— Никто никого не выгонял, я сам ушёл! И скоро докажу, что он...

— Пепел на пол не тряси, милок. Он к тебе как к сыну, а ты — «скоро докажу!» А пока вывеску с двери свинтил?

— Табличку? — Арсеньев попытался взять себя в руки. — Так и победившие классы свинтили, как вы выразились, вывеску... Сняли ведь двуглавого орла, свергли и попрали.

— А машину профессорскую тоже попрали?

— Машину не могли — раньше кто-то попрал. Керенский. Тётя Катя, кончайте свои скоморошьи аутодафе. В конце концов, мне звонили или мне не звонили?

— А ты водицы ключевой из-под крана испей, милок.

— Тётя Катя!

— Не шуми. Ребёнка сбудишь.

— Ребёнка — телёнка! Сотый раз спрашиваю: звонили мне или нет? Издевательство! Последние дни доживает ваш ребёнок, чёрт бы вас побрал вместе с ним!

— Чего плетёшь-то, Алик? Кому смерти желаешь? Сыну твоего благодетеля?

— Какой ещё смерти? А-а!.. Да нет же, просто я его в интернат сдаю. Сегодня ездил, всё разузна...

Он споткнулся на полуслове. Она подходила к нему. Ему

стало не по себе: в самом деле, не драться же со старухой!

Но он ошибся. Она оседала, как цирк шапито, у которого подрубили опору. На ней не было лица.

– Ты это... да? Правда?

– А что?

– Ты это... да?..

– О господи. Да! И покажу ей над башней дворца траурный флаг по кончине отца!

Ничего не понимая, он вскочил, подхватил её: она валилась набок.

– Сядьте, тётя Катя, успокойтесь!..

– Валерьянки, Алик...

Накапал валерьянки.

– Да вам-то... работы только меньше!

Он не узнавал её. Она – поверить невозможно – плакала.

– Вы? Плачете? В голове не укладывается... Такая донская казачка – и вдруг слёзы... Ну! Ну-у!

– Чего тебе, Алик?..

– Жду, когда своего «Короля» запоёте.

Она уронила ручищи и опять заплакала.

– Рад, что профессор Иван Фёдорович умер скоропостижно? Что завещание не успел дописать? Только есть тот листок... где ты его прячешь?! Е-есть! Где сказано: при условии! Что сын его – навсегда тут! Думаешь, почему он всё отдал? Чтоб больной сыночек не по детдомам мыкался, не в богадельнях чтоб... о-ой! И сколько ни бегай по юристам, а был договор!

– По каким юристам?!

– Сама видала, как в контору входил. В консультацию на улице Разина.

Арсеньев посмотрел дико, хлопнул себя по лбу и истерически рассмеялся.

– Вовсе не затем ходил я в консультацию, честное слово! О работе я ходил советоваться. О правилах владения старинными рукописями. Вы что, за мной шпионите?

Она подняла заплаканные глаза.

– Грех ведь двойной, Алик! Мало – ребёнок, так ведь на головку тронутый…

Опять скулит! Он хотел что-то объяснить, но только заскрипел зубами и вышел, хлопнув дверью. Не меньше часа сидел у себя, потом пришёл опять.

– Тётя Катя, скажите, когда будете уходить. На улице темно, я вас до троллейбуса провожу. Или – хотите? – на машине подвезу. – Обнял за плечищи. – «Короля» мне по дороге споёте. На музыку Роберта Рождественского. Ну?

Вздохнула.

– Решила: не поеду сегодня, Алик. Нельзя мне сегодня. Грех-то какой!.. Подожди сдавать!

Он попытался отшутиться:

– Тётя Катя, чего нам ждать? Это же... это как в анекдоте про газон! Хотите, расскажу?

Она отвернулась.

– Знаю я, как тебе помешать, – проговорила она после долгого молчания. – Раз хватает совести двойной грех на душу – возьми и третий.

Подняла на него совершенно сухие глаза – будто и не плакала, он вгляделся в них и вздрогнул.

– Возьмёшь, милок. Никуда не денешься – когда я руки-то на себя наложу.

И с каким злорадством сказала!

– Тётя Катя!

– А теперь иди, я спать буду. Ты меня знаешь, Алик. Один раз из петли вынули, когда мой негодяй, царство небесное, к той гадине ушёл, – теперь не вынут. Молодая была, Алик, дура – дурой, а то б не дала помешать...

– Тётя Катя, милая! – он вдруг возмутился. – Это, если хотите знать... это шантаж! Это бессовестно!..

Она повернулась к нему спиной и стала стаскивать платье.

– Погаси свет, Алик. Да помоги тащить – видишь ведь!

Он послушно щёлкнул выключателем. Помог тащить, пре-
зирая себя за малодушие. И вскипел.

— Чёрт знает что! Кто тут хозяин?

— Спокойной ночи, Алик.

Постоял в темноте, почертыхался. И ушёл. Только вышел
из кухни — она позвала.

— Ну что ещё?

— Забыла сказать: звонили тут тебе.

— Кто? Инна?

— Не Инна. Эта... Ванда... Два раза, пока я дома была.

Он ещё раз позвонил Инне. Посадил себя за стол, придвинул рукопись. Отковырнул в одном-другом месте скотч, которым были укреплены растрескавшиеся по краям жёлтые тол-
стые листы. Встал из-за стола, закурил и подошёл к окну.

Собака бежала по краю котлована. Вот остановилась, подняла ногу.

Луна была идеально круглой.

Он постоял у телефона, набрал две цифры и передумал
звонить. Сел к столу. Вскочил, пустил магнитофон. Отмотав
сколько-то назад, включил наугад. «...всё зыбко, ускользающе... амбивалентно...» Остановил, пропустил вперёд, опять
включил. «...всё же не вздор? Может, вздо...» С раздражением
нажал на «стоп» и, отмотав, перевёл на стирание.

Собака уже облюбовывала новую сваю.

аптек аптека аптек аптека аптек

Как назойливо!

Он принялся чинить карандаш. Аккуратно стёсывал грифель. Грифель хрустнул и отскочил. Он перегнулся в кресле
и остановил магнитофон. Забыл, что в пальцах зажато лезвие,
бросил руки на подлокотники, и лезвие спружинило и вошло

в мякоть. Он отсосал кровь, сплюнул, подойдя к столу, положил голову на руки и увидел себя мальчиком восьми лет.

Горбатая поверхность двора, мощённого булыжником и осколками кирпича. Каждый жилец мостил только у своей двери. Унылая мозаика кустарного благоустройства: клочок потрескавшегося цемента, кирпичная заплатка, лоскуток асфальта, оазис затоптанной земли, подёрнутой лишайником. Несомкнутое кольцо балкона по второму этажу. Дикий виноград, наполовину забравший небо над двором. Утыканный бутылочным стеклом полутораметровый заборчик, соединяющий левый и правый флигели. Перед заборчиком хибара, на кое-как сколоченной двери в потёках хлорки – две надписи мелом: «уборная» повыше и «тоалет» с латинским «t» на конце – под ней. У двери куча арбузных корок и целая гора разлагающихся мидий. Рядом с уборной циклопическая кладка строения, уродливого, как вход в Тартар. Надпись «гараж». Ужасающая бутафория... Посреди двора, на солнце, большой медный таз. Он поставлен на глыбу известняка – подмостки! Мать вышла из квартиры, погрузила в таз руку. Жест не бытовой, он рассчитан на зрителя. «Люкс! Лучче Чёрного моря!» В ожидании ответной реплики смотрит на дверь своего убогого жилища. Мгновенный мимический переход от доброты к ярости. Кулак Медеи месит воздух. «Никакого моря! У тебя есть кто будет водить тебя на море?» И опять голос Ниобеи: «Иди купайся! Люкс! Лучче, чем поёт Утёсов!» Новый взгляд на дверь и – непередаваемая пантомима – опрокинутый ногой таз гремит по булыжнику. «Тогда вот тебе море!» Мать уходит поступью протагониста.

Тишина во дворе шумит океанской раковиной, поднесённой к уху. Земля между камнями впитывает воду.

Женщина в громадном чёрном бюстгальтере выходит на балкон накачать примус. Примус ревёт – сейчас взорвётся. Женщина оставила примус, задумчиво мнёт грудь и смотрит вниз – на бельё, развешанное от флигеля к флигелю. На белье монограммы.

Большие птицы скачут по веткам шелковицы. Мать выходит на порог, задирает голову и кричит:

– Мадам Мила, ви дома? Сделайте мне труд, арестуйте на Соловки этих румѝнских фашистов, они ж мине всё чужое бельё я не хочу говорить что!

«Мадам Мила» хватает палку с привязанными на конце бумажками, нелепо подпрыгивая, машет на равнодушных птиц и кричит:

– Киш! А ну мне киш! Ви понимаете русскую речь родного языка?

От её крика открывает глаза и начинает ошалело водить ими в орбитах вдребезги пьяный человек лет тридцати. Он на корточках сидит под дверью, на которой висит замок. Когда он закрывает глаза, выражение лица сразу меняется. Теперь это умное, вполне интеллигентное лицо. Красивое – с тонкими, чуть капризными чертами.

– Так и есть, эти румѝнские фашисты сделали на ваше чужое бельё я не хочу говорить что, – спокойно сообщает сверху «мадам Мила», и мать со стоном выскакивает из квартиры. На белом пододеяльнике – бордовый след птичьего помёта.

– Это же из-за шелковицы – ви думаете, нет?! – полемически восклицает «мадам Мила».

– Я же да́ла вам специальную палку! Так вам трудно лишний раз поднять вашу толстую не буду говорить что!

– Сильно мне ну́жна ваша специальная палка!

– Чтоб для вас карточки не отменили!

– Идите ви знаете куда?

– Я таки пойду! Но не туда, куда ви хочете! Я пойду ишачить сутки через двое за триста шестьдесят в месяц! У меня жи нет кормильца, который целый день ворует, чтобы набить вашу толстую не буду говорить что! Мой кормилец погиб смертью храбрых, и я получаю за него аж сто сорок в месяц! Можно жить на эти деньги с двумя детьми?

— Если кто-то принесёт домой с работы кусочек мяса или рибки, так уже увесь двор таких, как ви, бежит скорей в тюрьму узнать или он уже там! Эти соседи хуже руминских фашистов!

Мать уходит.

На лестнице, ведущей на балкон, слышны грузные шаги. На пороге появляется «мадам Мила» в чёрном бюстгальтере. Она мнёт грудь — в этом проявляется нерешительность.

— Мадам Катя, а мадам Катя?

Мать делает вид, что не слышит.

— Мадам Катя, я хочу помириться.

— Я первая с вами не ссорилась.

Мать возится с пододеяльником — сыплет хлорку на пятно.

— Ой, ви же не знаете, чего я пришла! — «мадам Мила» заговорщически берёт мать за локоть. — Она жи уже не пускает его у квартиру! Он думает, если он будет так пить, он хотя бы кода сделает ей ребёнка?!

Она показывает на пьяного под запертой дверью.

— Я не вмешиваюсь в чужие дела. — Мать поворачивается к своей двери и кричит: — А ты иди на место! И не слушай глупости, которые говорят взрослые!

— Он уже и так не сделает, и обратно, — говорит мать «мадам Миле». Та с притворным сочувствием качает головой.

— А всё через того подлеца! Чтоб так страдать!.. — «мадам Мила» закатывает глаза. — Ой, ви знаете, тот подлец опять виливает у толает свой ворованный бензин! Он жи боится обиска! Что, он хочет и нас сделать калекой?

Мать посыпает хлоркой бордовое пятно. Всем своим видом она выражает нежелание тратить время на пустую болтовню.

— Такой был тихий человек! И надо было ему закурить! — лениво сокрушается «мадам Мила». Вдруг меняет тон: — А шо такое, если дажи да? Если он учитель ув школе, так шо, он уже не человек? Все мужчины курят в толете!

Мать застирывает пятно.

– Шо, он мог знать, шо кода идёшь ув тоалет, надо бросить у очко спичку? Во так вот!

Мать рассматривает на свет всё ещё проступающий бордовый кружок.

– Ой, я жи забила, шо не за этого пришла! – «мадам Мила» опять берёт мать за локоть. – Вчера захожу у тоалет – так шо ви думаете? Он жи уже повесил верёвку! Я открила дверь – и к нему! Я жи схватила его за руки во так вот! Смотрите: во так вот!

«Мадам Мила» хватает мать за руки.

– Шо, я не могла до него зайти? Я жи не для глупостей! Я жи его спасла!

Мать выкручивает пододеяльник.

– Тода я ему говорю, шо такое, пусть ваша Люда немного погуляет с другим! Шо, у вас нет хорошего товарища? А его дитё будет вам как родной сын! Зато у вас будет дитё! И ви не будете кидаться друг на друга с топором! На того подлеца надо кидаться! Невинны люди сидят, а ему даже не дали год условно!

Мать поднимает глаза от корыта. Взгляд не предвещает ничего хорошего.

– Ви мине опять на Пушкина намекаете?

«Мадам Мила» пятится.

– Шо такое я вам сказала? – Теперь «мадам Мила» уже не мнёт грудь – она растерянно теребит шов на бюстгальтере. – Чуть шо – сразу её Пушкин!

Мать бледнеет.

– Сильно мине сдался ваш Пушкин!

Мать оставляет пододеяльник, делает шаг к «мадам Миле» и, овладев собой, говорит раздельно:

– За Пушкина можете не переживать. Он лучче нас устроился в нахимовском училище на морского офицера. Ви лучче смотрите за своим придурком города-героя – чтоб он вам больше воровал со склада.

«Мадам Милу» как ветром сдувает.

…Потом мать закрывает дверь на висячий замок. Оттянув дверь, насколько позволяет замок, она говорит в щель:

– Я ухожу на сутки. Увижу на улице с этими урками с Молдаванки – задушу своими руками. Захочешь кушать – там икра из синих. Скажешь тёте Миле, чтоб сказала, когда тебе ложиться спать.

– Мам, – говорит он в щель не шире ладони, – принесёшь мулине?

– Никакое мулине! Читай «Мифы Эллады»!

«Мифые лады» – получается у неё…

– Кончается, мам! – умоляет он вдогонку.

Фигура матери исчезает в чёрной дыре подъезда, появляется на фоне чугунных лилий на воротах и, попав на улицу, растворяется в струях воздуха, разогретого до адской температуры.

…Ему восемь лет, он сидит под замком на колченогой скамеечке и машинкой, похожей на челнок, набивает коврик. На дерюжке узор, уже отчасти заполненный стежками. Карандашом намечена композиция: по волнам плывёт корабль, на него пикирует фашистский самолёт. Коврик будет разноцветным: капитан на мостике – серебристые стежки, корпус корабля – красные, нитка мулине, самолёт – болотная зелень, волны, разумеется, синие… Гребешки волн сделаны тем же серебром, что и капитан. Корабль называется «Нахимов». Получится очень красивый коврик. Он перестал слюнить нитку, положил коврик к ногам, на горбатый пол, и плачет. В щель виден только пьяный.

Вот пьяный встал. Он неестественно прям. Он бледен от негодования. Его плевки кучно ложатся на дверь гаража.

Вдруг тень набегает на щель.

– Такая руминская фашистка! Закрить ребёнка на целы сутки под замок!

«Мадам Мила» гвоздём пробует открыть замок. Ей это не

удаётся, и тогда она, подёргав за кольцо, вытаскивает его из косяка вместе с шурупом.

Он смотрит на неё и не шевелится.

– Я жи не учу тебе не слушаться маму! – «мадам Мила» агрессивно взмахивает руками у его лица.

Он молчит.

– Ви давно ходили к Пушкину в тюрьму? – вкрадчиво спрашивает «мадам Мила», поглаживая груди в чёрном бюстгальтере.

Он молчит, опустив глаза.

– Ну иди погуляйся!

Одной рукой она мнёт свою грудь, другой – его плечо.

Он молчит.

Постояв, «мадам Мила» вздыхает и прикрывает дверь.

– Тётя Мила! – напоминает он из щели обморочным голосом. Она возвращается к двери и всовывает шуруп на место.

Время идёт, и вот он уже не всхлипывает. Теперь из щели доносится звук, который издаёт его машинка для набивания ковриков. «Порск... порск-порск... порск...»

Арсеньев вошёл в комнату, где спал сын профессора, пошарил под ковром, достал машинку для набивания ковриков, вернулся в кабинет, обернул машинку газетой, на кухне прокрался мимо тёти Кати, похрапывающей на раскладушке, и выбросил машинку в мусорное ведро. В кабинете сел к столу, подпёр голову руками, закрыл глаза и подавил вздох, похожий на обморочный стон.

Он забылся, а когда очнулся, уже рассвело. Напустил в ванну воды, начал раздеваться, но передумал и пошёл к телефону.

– Ванда? Извини, что звоню в пять утра. Понимаешь... нет, по телефону не объяснишь... – Он помолчал. – Ладно, через десять минут я буду у тебя.

Ванда была женщиной тридцати четырёх лет.

— Кофе уже готов! — радостно встретила она его.

На столике перед тахтой стояла рядом с кофейными чашками початая бутылка коньяка.

— Выпьешь?

Он мотнул головой.

Ванда бросила на него вопросительный взгляд, подумала и налила в свою рюмку. Выпила.

Он хмурился и молчал. Она налила себе ещё полрюмки. Подняла, подержала в руке и поставила на поднос.

— По-моему, вся беда в том, что ты ни к чему не умеешь относиться легко. — Ей не удалось подавить желания, она протянула руку и опрокинула рюмку в рот.

— Не бери в голову! Отдашь ты его, не отдашь, — что изменится в этом мире? И какой ему прок в таком неврастенике, как ты? — Взглянула: не обиделся? И прибавила другим тоном: — Я говорю: ему-то какая разница, там или здесь? Растительное существование, душа равна листу, травинке, так не всё ли равно травинке?..

Он поднял тяжёлый взгляд, и она осеклась.

— Я вообще заговорила об этом только потому, что ты себя измучил, — спешила она оправдаться.

Закурила. Он не смотрел на неё. Она вертела в руках пустую рюмку.

— Глупо, Алик, приходить в мир с настроением полемиста. Ты знаешь, я пробовала!.. Ах, — приставала я ко всем и к каждому, — как это несправедливо, как ужасно — то, что женщина по-прежнему товар, пусть и в скрытой форме. Я выдумала весь этот вздор — философию освобождения. Женщина — рыцарь, женщина — философ, наконец, женщина — шут, потому что к чертям красоту! Вот три высоты, которые должны взять мы, чтобы перестать быть товаром. К подлинной свободе — через свободу от красоты! — горячилась я, забыв, что женятся преимущественно на красивых. Тело! И наплевать на трижды распрекрасное всё остальное!

Посмотрела на него. Он медленно набирал в грудь воздух. Налила себе ещё полрюмки.

– Ну что тебя мучает? Скажи! – придвинулась она к нему.

Он без интереса рассматривал сто раз виденный коврик под чашками и рюмками на подносе. Отвернул край коврика, пощупал изнанку, всю из узелков на суровой основе. Сверху коврик был гладкий. Он поводил пальцем по бархатистой поверхности – по макам, припорошённым пеплом.

– В конце концов, я могу и обидеться, – шутливо погрозила она и выпила новую порцию.

– Прежде сопьёшься, – улыбнулся он.

– Может, немного солнца в холодной воде? – Ванда начала расстёгивать халат. – Когда на женщину ложится тень папессы Иоанны... Но мы этого не допустим... В начале жизни нами правил прелестный, хитрый, слабый пол; тогда в закон себе я ставил его единый произвол – забыла, как там дальше говорил Александр Сергеевич Пу...

Он так посмотрел на неё, что у неё слово застряло во рту.

Она тоже поводила пальцем по коврику.

– А что с ним сейчас – с Пушкиным? – осторожно спросила она чуть погодя.

– Умер.

– А...– она подыскивала слово, – отчего?..

Арсеньев сузил глаза, нагнул голову и ответил со злостью:

– Выпадение и разрыв прямой кишки, после чего общее заражение. Боясь расследования, они не пускали его к врачу...

– А... это он так... на работе надорвался?

– Он вообще не работал.

– ?

– Эта категория обычно не работает...

Но она не могла удержаться от нового вопроса.

– Как не ра...?

– О боже! Другие за него работали. Он был у них тем, что на их языке называется «Машкой».

– Как называется? А, поняла! Поняла... – Ванда принялась торопливо застёгивать пуговицы на груди.

Помолчали. Она встала с тахты, присела перед Арсеньевым, положила голову ему на колени.

– Как по-разному проживают жизни, – говорила она глуховатым голосом, в колени, – и диапазон, в котором мы... В котором каждый из нас... Французская актриса сообщает в интервью, что за четыре года, с её шестнадцати до её двадцати, у неё было семьдесят любовников, в том числе пятьдесят партнёрш. И старый японец...

Она не поднимала головы и не видела, что Арсеньев болезненно морщится.

– ...отравивший газом своих сорокалетних детей, дефективных сына и дочь, измучивших его за долгую жизнь. «Пари матч», в одной колонке курьёзов... Диапазон...

– Помолчи, – сдавленным голосом попросил он.

– Может, музыку поставить? – встала она с колен. Он безразлично кивнул.

– Вот! Леннон, «Искалеченная душа»! Блестящая вещь! Да, ты знаешь, Алик...

– Ну что у тебя рот не закрывается? Экая ты дура! – сказал он в сердцах. Потом прибавил помягче: – Как все красавицы.

– Бывшие... – Выпила, натянула подол на круглые, полные колени. – Ты прав, Алик, говорю, говорю... Но это усталость. Такая усталость, Алик! Одно и остаётся – говорить... – Помолчала. – И так нас много! Столько должно быть разных – а все одинаковые. Интеллигенты... Нас разъела рефлексия, и на поступок мы не способны...

Он смотрел в одну точку.

– Сейчас часов девять? – спросила она.

– Без четверти одиннадцать.

– Ого! Ты в шесть приехал?

Опять помолчали.

– Может, в самом деле немного солнца в холодной воде? –
она посмотрела на него смущённо и опустила глаза. – А то на
что это похоже? Мы только говорим. Ни один режиссёр не взял
бы нас в своё кино. У режиссёров такое знаешь как называется? Говорящие головы. Бесконечные крупные планы, ну!

– Советский бы не взял? – усмехнулся он.

– С несоветскими ещё проблематичнее. Ой, ты знаешь, когда-то я даже специально сосчитала! У Бергмана в «Стыде» 750
с чем-то реплик – сплошные разговоры! А уж в «Сценах из се-
мейной жизни»! И ничего. Кинематографично. Смотрят.

– Слушают.

– Ещё как!

– Сводила б ты меня в свою контору.

– Ни одной стоящей картины не купили. Ой, ты знаешь,
есть у меня один знакомый режиссёр...

– Всего один?

– Издеваешься? – Ванда отхлебнула из рюмки. – Так он –
скопище противоречий! Бьёт себя в грудь, а потом по лбу – вот
так, видишь? – а сам, со стеклянными глазами, кричит: я при-
надлежу к древней иудейской касте и я!... – ты слушай! – и я
выведу, – и при этом крестится! Двуперстием Аввакума Петро-
вича! – выведу, вопит, с Руси эту модерниствующую нечисть,
высоко подниму над лугами и пажитями – что это вообще такое, пажить?! – святое русофильское знамя, нет! – хоругвь, –
заходится он, – хоругвь Иоанна IV! И плачет при этом – ну как
дитя, потерявшее в ЦУМе маму! Превозносит, конечно, Бердяева, причём так, что Бердяева принимаешь то за первого кос-
мополита, то за главаря курской «чёрной сотни», выкрикивает
анафемы на старославянском и древнееврейском и – плачет...
Такой перепутанный пасьянс... Тоже, судя по вывертам мыш-
ления, интеллигент первого поколения...

– Намекаешь?

«Искалеченная душа» кончилась.

– Нет. Я сама – первое поколение. – Она усмехнулась с горечью, отставила рюмку. – И последнее. Второго не будет, потому что замуж не берут...

Арсеньев отодвинулся. Он смотрел на неё так, словно видел впервые, и чувствовал, что у него сжимается сердце. В голове закружилось, и он побледнел. Встал, походил по комнате. Вернулся к ней. Она удивилась: что он так всматривается?

– Тушь размазалась?

– Тушь? Это же... – он ещё больше побледнел, – это же... да! Это выход!

– Что с тобой, Алик? – она даже испугалась.

Он рассмеялся, нежно-нежно погладил её по голове и бросился к двери. У порога обернулся:

– Конечно! Как мне раньше не пришло в голову? А ты сиди и жди! Ни на шаг! Я через полчаса, в крайнем – через час!..

Теребя бретельку, врезавшуюся в пухлое плечо, она проводила его изумлённым взглядом.

На самом деле он явился не через час, а почти через три. Он был не в джинсовом костюме, как обычно, а в строгой чёрной паре. Белая гвоздика в петлице. В руках перевязанный розовой лентой свёрток и большущий букет белых роз.

– Со всей очередью пришлось переругаться, – кивнул он на розы. Он улыбался до ушей. Она ничего не понимала.

– Одевайся! – он срывал со свёртка ленту. Снял бумагу – как дрожат пальцы!.. – и развернул то, что было под ней. Подвенечное платье.

Она растерянно встала со своей промятой тахты. И ахнула.

– А то – «на поступок мы уже не способны, нас разъела рефлексия!» Примерь. Нет, не так! Сначала!..

Он отступил на шаг и опустился на колени.

– Я предлагаю Вам руку и сердце, – тихо сказал он. – Надо ли говорить, как я люблю Вас! Люблю без памяти...

– Ты, Алик... что с тобой?..

— Не мешай! Не подходи! — замахал он руками. — Стой, где стоишь! Сядь!

Она села на тахту, робко посмотрела на него, стоящего перед ней на коленях, и тихо-тихо заплакала.

— Что же ты плачешь? — расстроился он. — Я делаю тебе предложение. Я прошу тебя быть моей женой.

Она хотела что-то сказать, но горло сдавило, и звук из него вырвался странный.

— Ну вот, а теперь она икает! — обиделся он.

— Я не икаю, я, Алик...

У неё прыгали губы, она ревела, как дура.

Дальше всё понеслось в лихорадочном темпе. Он дёрнул её за руку, заставил встать, спустил через бёдра платье — оно расстёгивалось до пояса. Она перешагивала послушно. И не сводила с него глаз ребёнка, которого сейчас поведут в цирк.

— Быстро умыться и навести марафет!

Он потащил её в ванную.

— И перестань реветь!

Он сам умыл её и причесал.

— Бюст не могла поменьше выбрать? Вот, сломал из-за тебя ноготь! — ему удалось застегнуть и эту пуговицу. Кружева на груди затрещали, но выдержали натяжение. — Сто атмосфер!

Подал коробочку с тенями.

— Не очень намазюкивай! Помни, что ты невеста!

Провёл рукой по своему подбородку.

— Мне бриться не надо? Тогда с Богом!.. да, паспорт!

Она нашла паспорт. Из него выпала открытка — старое приглашение проголосовать за народных судей. Лентяйка Ванда манкировала гражданским долгом и тот день бездарно провела у кого-то на даче.

— В другие времена тебя бы подвергли остракизму, и мне, бедному, пришлось бы тащиться за тобой в какое-нибудь захолустье — в изгнание. Ох, займусь я твоим общественным лицом! — и он смял открытку.

Они сбегали по лестнице.

— Ну, видела ты что-нибудь подобное в своём хвалёном заграничном кино? — он засмеялся счастливым, но немного нервным смехом.

— Жаль, фотографа нет, — посмотрела она на него глазами лунатички.

— Будет фотограф!

К радиатору его «бьюика» была привязана кукла. Глаза у куклы были закрыты, и Арсеньев, позабыв о Ванде, возился и возился, стараясь их открыть. С одним получилось, с другим нет.

— Как во сне, — выдохнула Ванда, проводя пальцем с облупившимся маникюром по ленте от куклы, привязанной к передним дверцам.

— Это помолвка? — спросила она замирающим голосом, когда он, играя желваками, срезал повороты.

— Какая помолвка? Ты что? — он постучал себя по лбу.

Она ничего уже не понимала.

— А... как же, Алик? Ведь надо месяц ждать.

Она была сейчас удивительно красивой. Он бросил оценивающий взгляд и сказал с самодовольством:

— Один против тысячи — самая красивая невеста на континенте!

Она засмущалась и опустила ресницы.

— Помолвка! Ты забыла, что имеешь дело с человеком, главная черта которого — предприимчивость, ибо в детстве он прошёл ни с чем не сравнимую школу одесской Молдаванки. В мои шесть лет я уже умел то, что многим и в зрелом возрасте не представляется возможным: я умел брать хлеб без очереди. А очереди были!.. — он входил в просто немыслимые повороты. — Вени, види, вици. Я показал им приглашение из Кембриджа, среди них, на моё счастье... на наше с тобой счастье! — он чмокнул её в щёку и опять сосредоточился на забитом машинами шоссе, — нашёлся человек, с грехом пополам понимающий английский, а я был в ударе и вспомнил, что в кармане у меня – билет с прошлой поездки в Англию. Сунул под нос и втолковал, что через два дня улетаю в двухгодичную командировку. Ну? – Он ждал похвалы, и она самозабвенно поцеловала его. И заплакала безутешно.

– Сейчас же прекрати! – он повернул к ней зеркальце и подал платок.

Лента отвязалась и хлопала по ветровому стеклу.

– Чёрт!.. Я даже пригласил их на нашу свадьбу, – похвастался он. – Ну, этого, англокосноязычного. И главную старушенцию – видела б ты её нагрудную ленту!

– Правда? – не верила Ванда.

...У ЗАГСа была длиннющая очередь машин.

– Суббота, – она посмотрела на него извиняющимся взглядом. Он нахмурился и промолчал.

– Вот гад! – проворчал он, следя за подъезжающей машиной. – Кто так паркуется? – раздражённо прокричал шофёру. Шофёр подал машину ещё вперёд. Арсеньев распахнул дверцу: – Эй! А ну назад!

Шофёр тоже высунулся из своей «Волги» и жестами принялся что-то объяснять.

– Кончай свои дешёвые ма́нсы! Думаешь, тут тебе фраера? Стань в очередь, как все!

Шофёр «Волги» захлопнул дверцу и отвернулся от Арсеньева.

– Сейчас он у меня получит!

– Алик! – Ванда схватила его за рукав.

Он отмахнулся от неё. Глаза у него были белыми от бешенства.

– Алик, успокойся! Такой день, Алик! – испуганно обняла она его, но он сбросил её руки с плеч.

Закурил. Она косилась со страхом. Кажется, успокоился.

– Алик, а... – хотела спросить его о чём-то, но он резко распахнул дверцу, выскочил из «бьюика», обежал его, рванул другую дверцу и, больно впившись в её руку, потащил из машины.

...Она бежала за ним, смешно семеня ногами. Кружева подола взметали пыль. Из какой-то машины засмеялись, и Арсеньев гневно обернулся.

– Алик, успокойся...

– Иди ты, знаешь!

Он протащил её за руку по лестнице, устланной красным ковром. Ковёр был плохо зажат обручами и соскальзывал под ногой. Арсеньев чертыхнулся раз, и другой, и третий.

С разбегу они наскочили на поздравлявших, выбили у кого-то из рук бокал с шампанским.

– Извините! – пролепетала Ванда. – Из…

Запыхавшийся Арсеньев толкнул ногой дверь, и они влетели в комнатку, где на ступенчатом возвышении за столом стояла белая, как лунь, старуха в топорщившейся ленте и читала письмо.

– Это безобразие! – крикнул Арсеньев, и старушка быстро спрятала письмо.

Она с недоумением смотрела на него, теребя негнущуюся ленту.

– Идут без очереди! Один за другим! По-наглому! А мы, по-вашему?!..

– В чём дело, сердитый молодой человек? – подняла брови старушенция. Под бровками покраснело.

– Я вам не молодой человек! Это учреждение, а не!..

– Алик, Бога ради!

– Ещё спрашивает, в чём дело! Мало того, что святое таинство превратили чёрт знает во что!

– Жених, остыньте сперва за дверью, – очень мягко попросила старушка и перестала возиться с лентой. Посмотрела на Ванду – и улыбнулась ей. В бедной голове Ванды всё перепуталось: сухонькая старушка с белым хохолком на темени, с лентой поперёк груди, показалась ей генералиссимусом Суворовым с какой-то известной картины, и это очень удивило

Ванду. Она закрыла глаза. «Почему это должен решать Суворов?.. Ах, не всё ли равно теперь!..»

– Я вас слушаю, деточка…

А Ванда вспомнила, что совсем недавно издевательски отзывалась о реалистической манере в живописи – о господи! Да ещё о каком-то батальном полотне!.. – и сердце упало. Она виновато опустила глаза и, ни на что уже не надеясь, сказала старушке-Суворову:

– Понимаете, я беременна...

Старушка улыбнулась Ванде так ласково, что даже краснота отлила от бровок.

– Что за вздор? – изумился Арсеньев и зашёл сбоку, чтобы заглянуть Ванде в лицо.

– Честное слово, – жалобно сказала Ванда, и из глаз выкатились слезинки.

– Что ты заискиваешь перед ними? – вспылил Арсеньев. – Они тут совсем охамели, а ты!..

Улыбка сошла с пергаментного старушкиного лица.

– Молодой человек, будьте добры покинуть помещение.

– Вы это мне? Да я из принципа не двинусь с места!

Старушка передвинула на столе какую-то толстенную книгу. Под ней, в круглом углублении, была кнопка. Старушкины бровки пылали закатной зарёй. Она строго посмотрела на Арсеньева и нажала кнопку. Вошёл дружинник. Он растерянно улыбался.

– Ах, так? – сардонически рассмеялся Арсеньев. – Это у вас, значит, тоже по обряду?

– Пока ничего особенного, просто очень возбуждены, и я прошу их временно покинуть зал регистрации, – глядя на Ванду, объясняла дружиннику старушка. Тот переступал с ноги на ногу.

– А как же я? – спросила Ванда с болью.

– Деточка, – говорила старушка, – ваш будущий супруг немного успокоится... Вы ведь можете прийти завтра. Ваш жених говорил мне, что отбывает...

– Что это вы за нас решаете? – выпучил глаза Арсеньев.

– ...только через тридцать шесть часов, – не обращая внимания на Арсеньева, говорила старушка Ванде и дружиннику. Дружинник кивал, как бы подтверждая, и это больше всего бесило Арсеньева.

– Пошли! – потянул он Ванду к выходу. – Они думают, в Москве один ЗАГС!

...Ванда, которую тащили к двери, упиралась что было сил. Она умоляюще смотрела на старушку.

– Деточка, разве вам самой хочется, чтобы этот торжественный день запомнился таким нескладным? – уговаривала старушка, провожая Ванду и держа её за свободную руку.

...Ноги скользят на отвратительном ковре. Арсеньев толкает дверь, вместо того чтобы потянуть её на себя. Вот уже улица...

– Десять ЗАГСов! Сто! – азартно выкрикивал Арсеньев, догоняя Ванду, которая бежала к машине. – Ну, чего ты расплакалась? Всюду одно жлобство! Хуже, чем в гастрономе! Прекрати, говорю! Ты не знаешь, где тут поблизости какой-нибудь ЗАГС?

– Отвези меня домой, я тебя очень прошу!

– Я сейчас кого-нибудь спрошу! – он опустил стекло. – Эй, послушайте, вы случайно...

– Алик, я умоляю...

Её трясло.

Он резко остановил «бьюик» и скрылся в подъезде. Кукла с растрепавшимися на ветру волосами смотрела ему вслед одним глазом.

Он вошёл в кабинет и плотно прикрыл дверь.

«Баба» ухала вовсю. Свая крошилась, и из-под болванки, колотившей неумолимо, шёл дым.

Было три часа дня.

На минуту «баба» угомонилась, и он услышал через стенку: «порск... порск-порск... порск...»

Не раздеваясь, он бросился на постель и приказал себе: «Спать!» Вскочил, налил полный стакан коньяка, закурил, выпил залпом, вдавил в пепельницу сигарету и опять бросился на постель.

II. Вита. То есть Брызги Стикса

— Скорая помощь номер 68-12 два дня назад, четырнадцатого августа, примерно около часа дня увезла женщину. Ножевое ранение. Другие подробности мне неизвестны. Я только что вернулся из командировки и, со слов одного человека, случайно оказавшегося очеви...

— Вы хотите узнать, где находится пострадавшая? — перебил его усталый голос в телефонной трубке.

— Я бы очень!.. Понимаете, это самый близкий мне человек. Не жена, но, по сути...

— Ждите.

Он держал трубку у уха. Взглянул на часы: 23:51.

— Алло, вы слушаете? Машина 68-12, вызов дополнительный с линии, пострадавшая находится в первой клинике Центрального института травматологии и ортопедии, адрес...

— Почему — ортопедии?

— Не перебивайте. Адрес: улица Приорова, дом 10.

— А вы не скажете?..

— Родственник, других сведений не имеем.

Положили трубку.

— Спасибо...

Через сорок минут он был у ЦИТО.

– Где здесь первая клиника? – спросил он, забежав вперёд и пятясь, чтобы не мешать им нести носилки.

– Вон та дверь, – показали в темноту.

Он раз, потом другой споткнулся на выбитом асфальте, пошёл медленней и увидел нужную табличку. Постоял, не решаясь войти. Сбегал к машине за цветами и сеткой с фруктами.

Дверь распахнулась, и из неярко освещённого подъезда вышли двое рослых мужчин в белых халатах. Совсем молодые парни – присмотрелся он.

– Лет шестнадцать на вид. Вот здесь кармашек, и в нём 43 рубля. С изнанки к лифчику пришит.

– Потайной кармашек?

– Да, такой кармашек.

– Выбросилась из окна?

– Не думаю. Скорее выбросили. Следы борьбы на левом запястье, под глазом синяк.

– Серьёзные повреждения?

– В том-то и дело, что ничего! Абсолютно! Только кровь из носа. Но это могло случиться, когда она сопротивлялась. Вот живучесть! Ну, так ты всё-таки к Верочке?

– А что делать? – сказавший это рассмеялся подчёркнуто беспечно. Он был молодцеват и знал, что ему это идёт.

– Если что, я позвоню. Дай мне ещё пару сигарет. Да, так я главного тебе не рассказал! Очнулась – первым делом: «Где мой лифчик?» Пересчитала деньги – и успокоилась.

– Молодые люди, вы мне не поможете? – вышел из темноты Арсеньев.

Они повернулись к нему.

– Видите ли, тут лежит одна женщина...

– Тут не одна лежит.

– Коль, дай сказать человеку.

– Как вам объяснить? Мне бы не хотелось, чтобы мой визит вылился в нежелательные для неё последствия... Она замужем...

– А в чём, собственно, дело?

– В часы для посещений труднее избежать встречи с мужем? – молодцеватый нахально посмотрел Арсеньеву в лицо.

– Коль!

– Я понимаю, что решение моей проблемы целиком в ваших руках...

– Прибедняетесь – в ваших. Уж коли даже не в мужниных!.. – присвистнул парень.

– Да Коль!

– И что же вам нужно? Повидаться?

– О, я бы очень!..

– Так. С чем поместили?

– Ранение. Ножевое. Куда – точно не...

– Юра, это по твоей части. С ножевыми у нас... так-так-так... Юра, а ведь у тебя на втором. Точно? Ну такая... рыжеволосая.

Арсеньев стал лихорадочно припоминать цвет Витиных волос.

– У меня две рыжеволосых, Коля.

– Так одна ж... – парень нечётким, размазанным жестом махнул куда-то за плечо, и у Арсеньева пробежал по коже холодок.

– Помоги человеку. Там разберётесь.

– Вы на практике? – спросил Арсеньев юношу, когда они поднимались по лестнице.

– Дежурство.

– Понимаю... – боясь, что тонкая ниточка взаимоотношений оборвётся, он хотел задать ещё какой-нибудь вопрос, но не успел. Юноша уже подвёл его к старухе, читающей у лампы журнал «Здоровье». «Испания: Половой вопрос и ханжество католицизма» – прочёл Арсеньев заглавие статьи.

– Тёть Мань, вот тут человеку надо помочь.

Арсеньев догадался и сунул старухе шоколадку: слон танцует на мяче. Старуха заложила шоколадкой страницу. Арсеньев приготовил улыбку. Но она не повернулась: так и осталась сидеть к нему боком.

— Одна из тех двоих, тётя Маня, — с ножевыми. По-моему, полчаса назад она ходила в туалет. Вызовете? — Юноша повернулся к Арсеньеву: — Ей на вид так лет сорок пять — сорок восемь?

— Почему сорок... восемь? — запротестовал растерявшийся Арсеньев.

— Тётя Маня, волосы такие каштановые. Рыженькая, — шёпотом говорил старухе юноша.

— Рыженькая! — передразнила старуха. — Так одну ж рыженькую туда записали, а другую, брат, сюда? Забыл?

— Я спрашиваю, ей лет под пятьдесят?

Арсеньев заметил, что юноша нервничает, и испугался. Помолчал, потом сказал:

— Ей в этом году тридцать шесть исполнилось. В марте, — припоминал он, — да, в марте. А... что? Что-то случилось? Зовут Виктория Николаевна, фамилия Талызина. Талызина-Ружмонд, двойная такая фамилия, — его удивляло, что они на него не смотрят.

— И выглядит тоже на тридцать шесть? — уточнил юноша.

Вопрос озадачил Арсеньева, но кивнул.

— Даже моложе. — Он вспомнил фотокарточку на удостоверении.

— А, приезжая, — сказала старуха, наклонившись, чтобы закрыть на ключ свой шкафчик.

— Да нет, тридцати шести, кажется, не приезжая. Та, у которой муж сюда пьяный приходил... — юноша посмотрел на Арсеньева и быстро отвёл глаза. — ...Ну, тётя Маня! Ну, что сам просил вызвать милицию! Когда увидел!..

— Приезжая. Что увидел? Приезжая?

— Тётя Маня, проводите?

«Почему они говорят между собой? Почему они со мной не говорят?»

— Проводим, проводим. Он ей кто?

Юноша наклонился к её уху и что-то прошептал. Старуха,

кряхтя, разогнулась, встала, сделала шаг – боком как-то – на ногу припадает. «Хромая? Не к добру...»

– Одна рыженькая на поправку идёт, – говорила старуха. – Фрукты здесь пока положь. Пошли.

– А... другая? – спросил он, идя следом.

– Пошли, пошли! Сперва одну посмотрим.

Нет, не хромая, сказал он себе с облегчением, разглядев повязку на голеностопе. Просто старческое что-то.

Они подошли к двери с закрашенными стёклами. Старуха щёлкнула выключателем.

– Эта? – стоя в дверях, быстро спросила она.

Он вытянул шею.

– Ты не очень, – загораживала она его своим телом.

Женщина проснулась и заслонила глаза от света.

– Не...

– И я говорила... – старуха погасила свет.

– Что же... теперь? – спросил Арсеньев не своим голосом.

– Говорит – сорок три, а там все пятьдесят натикало, сам видел, – пробурчала старуха. – Что, пойдёте?

Он испуганно кивнул.

Когда проходили мимо столика с журналом «Здоровье», старуха подхватила со спинки стула мятый халат.

– Накиньте на плечи.

«На «вы» перешла. Ох, не к добру...»

Они спустились по плохо освещённой лестнице на первый этаж и оказались у ещё одной – та вела вниз, в подвал. Арсеньев всё понял. Их ноги одинаково уныло шаркали по серому асфальту. Ему показалось, что она хочет спросить его о чём-то, и повернул к ней ожидающий взгляд, сердясь на себя за то, что в голове вертится какая-то вовсе не нужная чушь: «Дуэнья... запоздавшая наша дуэнья...»

– За сердце не опасаетесь? – и в самом деле спросила она не поворачиваясь, через плечо.

Он не мог шевельнуть губами.

– А Пётр Степанович знай себе где-то в тепле отсыпается.

– Кто?

– Сторож. Говорит: солдат спит, служба идёт. Иногда такое скажет – не всякий и поймёт.

Старуха распахнула дверь, и э т о т запах ударил ему в лицо. Какой – разве мог бы он сейчас сказать? Вот он и обозначил его как э т о т. Старуха, запоздавшая их с Витой дуэнья, вела его по какому-то мрачному переходу, и он твердил себе, что должен крепиться, что не может себе позволить упасть. Поворот, за ним тесный проход, заставленный какими-то ведёрными колбами с фиолетовой жидкостью. Потом стеллажи с рядами стёклышек, парами прижатыми друг к другу. К одним стёклышкам были приклеены бумажки, на других бумажек не было. Стало посветлее, Арсеньев рассмотрел крайнее в ряду стёклышко и понял, почему оно без бумажки: на нём красной тушью были написаны цифры.

– Тут у нас пробы хранятся. Кому на биопсию, кому на что другое, – указала на стёклышки старуха. – Это не нашего отделения.

Ещё раз повернули – и, наконец, вот она, та дверь: обитая цинком, с запотевшим градусником изнутри. Свет ослепил, и он увидел ниши в сыром налёте инея, больше чем на метр уходившие в стену, и, кажется, пять накрытых простынями столов на колёсах.

– Ну вот, – остановилась старуха.

И он остановился. Он не мог отвести взгляда от центрального стола, над которым висела яркая, ватт на триста, лампа. Старуха повернулась, чтобы уйти. Он растерянно посмотрел ей в спину.

– Тётя Маня!.. – он ждал подсказки.

– Да она и есть, – сказала старуха, подходя к столу и сдвигая с лица покойницы простыню. Арсеньев невольно прикрыл глаза.

– Ну, вы тут... а я подожду, – сказала старуха кротким голосом.

Он бросил на старуху случайный взгляд – и вздрогнул: у неё были ярко-красные, кричащего цвета губы. Помада? Он удивился, что не заметил этого раньше. Там, в коридоре, почти не было света, вспомнил он. Но эти губы не вязались с её скучным лицом! И зачем ей здесь такие губы?..

Её шаги стихли. Заскрипела дверь. Он смотрел на Виту. Он всё не мог заставить себя подойти.

«Вот и свиделись...»

Он приблизился на шаг и потянул простыню. Он не рассчитал движения, и простыня съехала почти до курчавых волосков. Он отдёрнул руку. В глаза бросилась белизна плеча, желтизна груди и лёгкая, хотя уже заметная синюшность красивого, но немного вздутого живота.

«Вот и свиделись...»

В глазах стояли радуги. Он проглотил набегавшую в рот слюну и смежил веки.

«Вот ты какая...» – сказал он себе, оборот не устроил его, и он добавил: «Вот ты какой стала...» Но и это «стала» вызвало в нём глухое раздражение: трудно было отделить его удивление тем, как изменилась за эти годы ж и в а я Вита, от боли, что она м е р т в а. Он опять сказал: «Вот ты какая...», – открыл глаза и увидел вдруг родинку над левой грудью. Родинка была нежно-розовой. Он подумал, что родинку эту можно было видеть только в платье с очень глубоким вырезом, и сердце тоскливо сжалось. Ему сейчас открылось то, что было обычно скрыто. Он перевёл взгляд на её лицо и заметил, что на фотографии оно полнее, и понял, почему: кожа обтянула скулы, подчёркивая их скульптурность. Глаза его остановились на её глазах, и его передёрнуло: в щёлочках между век он разглядел белки. Он быстро перевёл взгляд на спасительную родинку. Она была не над грудью, понял он, а ближе к середине груди. Потому-то её и можно было увидеть только в платье с чересчур глубоким вырезом – да и носят ли такие? – и ещё на пляже. Он наклонился и приложился губами к родинке. Его словно оттолкнули. Лицо опять обволок т о т запах, густой, липнущий, в глаза бросилась щёлочка между веками, и он схватился рукой, чтоб не упасть. Сердце стукнуло сильно-сильно и остановилось. Если бы Вита, мелькнуло в сознании, от резкого толчка его руки, когда он хватался за стол, двинула какой-то частью тела – как рассказывают о покойниках – он бы не выдержал. Он бы потерял сознание. Ему даже показалось, что его бросает в сторону, каждой клеткой своей он ощутил, как уже падает с ног, стаскивая простыню. Тогда он догадался, что ему сейчас надо замереть и не шевелиться, а потом закусить губу до крови. Он так и сделал. Рот наполнился солоноватой слюной. Дурнота прошла, он выпустил ребро стола и отступил на шаг.

– Прости! – прошептал он.

Он положил ей цветы на грудь – они сползли на живот – и накрыл её простынёй. Больше он не смотрел ей в лицо – боялся увидеть закатившиеся глаза. Оглянулся беспомощно, соображая, как отсюда выбраться. Тут грюкнула дверь.

– Попрощался, мой хороший? – спросила старуха, снимая с его плеч халат. Нет, он не мог смотреть на эти ненатуральные губы! Из-за них всё походило на какой-то дурацкий розыгрыш. На непонятную чертовщину.

– Эх... – вздохнула в коридоре старуха жалобно, но он ей не поверил. – А бледный-то! Первый раз хоронишь?

Старуха расплывалась в слезах, набегавших на глаза. Он ничего не ответил.

– С утра приезжают, одевают, мыть не надо, – рассказывала старуха, – кого домой берут, кого прямо отсюда. А вот кому вскрытие – считай, на день задержка. Да хорошо, коли на день.

Он попытался сообразить, где, в какой части тела могла быть рана, удивился, что раньше об этом не подумал, – тогда можно было посмотреть, – потом засомневался: у него вряд ли хватило бы сил. И почувствовал, как сквозняк холодит просыхающие глаза.

– На похороны, ясное дело, не явишься, – не спрашивала,

утверждала старуха. – А эта курва, когда моего хоронили, припёрлась, бесстыжая тварь! – вдруг она от него отвернулась. – Иду, иду, золотко! Только с мужчиной освобожусь.

Кому это она говорит? А, это из палаты, куда они ходили смотреть ту, другую рыжеволосую, стыдясь из-за Арсеньева выйти в коридор, манила старуху рукой какая-то женщина.

– Даже не раздумывай! Такой цвет тебе, молоденькой, знаешь, как пойдёт? Французская!

Вот и объяснились старухины губы.

Он уже стоял у её столика. Носки модных женских туфель – явно на продажу – маслянисто блестели через стекло столика. Старуха терпеливо ждала, теребя журнал про испанские половые несообразности. Как всё глупо, подумал он, полез в карман и дал старухе пятёрку.

– Ну зачем? Такой фруктовый пакет оставил.

Она спрятала деньги. Отведя глаза от её фальшивых губ, он кивком попрощался с ней – с запоздавшей их дуэньей. И ушёл.

«Вот и свиделись...» – ещё раз выскочила откуда-то дважды уже говорённая фраза, и он улыбнулся печально, но в то же время с каким-то облегчением: его тяготило здесь всё. Ресницы высохли и слиплись, и было щекотно.

«Всё равно что прощаться со статуей», – вспомнил он слова Хемингуэя, садясь в машину, и подивился точности этих слов: память всё ещё хранила в губах то ощущение отталкивания, удара, возникшее, когда он прикладывался к родинке.

«А почему они сказали: не приезжая?» – но он отмахнулся от вопроса. Вита мёртвая, и все вопросы уже не имели смысла. Болела голова.

Дома, в кабинете, он, присмиревший, прислонился виском к стеклу. Котлован ощерился на «бабу» пастью. Он накапал валерьянки. Прилёг. Потолок перестал раскачиваться, он забылся, и случился с ним обморок или нет – он этого так и не понял, когда сбросил дремоту и увидел, что уже рассвело. Он опять забылся, а проснулся – было восемь утра. Он пошёл в ванную и надолго подставил затылок под струю. Возвращаясь в кабинет, он задержался у комнаты, где жил сын профессора, и, дивясь чувству, толкнувшему его, вошёл. Мальчик спал. Арсеньев стоял, затаив дыхание. Потом осторожно вытащил из-под руки мальчика ботинок со съехавшей «косыночкой», перевязал её и тихонько подсунул ботинок мальчику под локоть. Вышел, улыбаясь и грустно качая головой. «Все мы спим, обнимая своих монстров».

В голове было ясно-ясно. Он сел к столу и потянул руки к «Засеке».

«Кажется, я знаю, в чём тут дело», – сказал он себе. И нехорошо, недобро усмехнулся. Он брезгливо отодвинул рукопись. Ему вспомнились похороны «Пушкина».

Когда они с матерью сошли с трамвая и остановились, пережидая, чтобы перейти на другую сторону, он случайно поднял глаза на окно последнего, кажется четвёртого, этажа и уже не мог оторваться. На окне стояла, расставив ноги, совершенно голая женщина, колотила кулаками по решётке и что-то кричала. Время от времени она показывала руками куда-то вниз, и он недоумевал, не видя ничего такого, на что можно показывать. Он подумал, что у женщины что-то между ногами, и стекло мешает ему рассмотреть, но сразу понял, что между ногами у неё ничего не может быть, потому что ноги широко расставлены и ими ничего не зажмёшь. Ему тогда было десять лет, и он не понимал, на что показывала женщина, и не догадывался, о чём она могла кричать. Догадался он потом, через много лет. А тогда он почувствовал сильный удар по затылку – у матери была тяжёлая рука – и повернул удивлённое лицо на её окрик:

– Ты куда на глупости смотришь?

Ему стало стыдно. Он не понимал, почему ему стыдно, а краска заливала щёки. Он покорно подал матери руку, и они перешли улицу.

Исподлобья он ещё раз посмотрел на окно. Там чьи-то руки стаскивали женщину. Она отбивалась. Вот окно опустело, и сразу же закружилась голова, и ему показалось, что ничего и не было. Перед ним потом не раз возникала эта картина, обрамлённая тюремным окном, и всегда кружилась голова.

Гроб с Пушкиным стоял в комнате для свиданий. Их впустили сразу.

Алик не видел брата близко больше трёх лет, и его удивило, что у того на щеках закручиваются длинные тёмные волоски, делая его ещё больше похожим на человека, чьё имя стало брату прозвищем.

— Вот эти два гвоздя мы только наживили, — накрыв гроб крышкой, объяснил плачущей матери человек в военном. — Чтоб было вам удобно.

— Удобно! — выкрикнула мать, и лицо её исказилось. — Кацапы проклятые!

Потом, не раз оказываясь свидетелем учащавшихся матириных ссор с соседями, Алик обобщил её точки зрения на причины её бед, и вот что получилось: в бедах этой женщины были виноваты только две категории многоликого населения Одессы — «кацапы» и болгары. Болгарином был сосед, чья собака мочилась на калитку, приделанную матерью к их рахитичному крылечку. Лишь один раз мать обвинила в своих несчастьях представителей самой многочисленной категории одесситов, но тут, боясь быть превратно понятой, прибавила:

— Но я вам не антисемитка! Спросите у Цильки — как я её при румѝнах два дня прятала!

Военный, которого обозвали кацапом, отошёл, потом вернулся с какими-то бумагами.

— Документы.

— Вот вам ваши документы! — подбила его руку мать, и бумажки разлетелись по комнате. — Подавитесь ими, кацапы проклятые!

Военный молча собрал документы и просунул их в щель между гробом и крышкой.

Гроб был негусто выкрашен в красный цвет.

– Машина ждёт у входа, – сказал военный.

– Машина! Не надо мине от вас вашей машины! Чтоб вас всех ей передавило! – Она упала на гроб.

Военный отошёл, и мать затихла. Взяв Алика за руку, она потянула его к двери.

Мимо проезжала тележка с невысокими бортами – площадка, как называют в Одессе. Мать остановила её. Сказала что-то вознице, человеку с жирным затылком в чёрных точках.

– Лучче на биндюжнике, чем на вашей машине, кацапы гнусные! – вытерла мать злые слёзы.

Военный кивнул солдатам, они подняли гроб, под гробом были костяшки домино. Одна упала, Алик наклонился за ней, но мать отшвырнула его.

– А ну положи на место!

С тележки сдуло угольную пыль и запорошило глаза.

– Чтоб вам повила́зило, кацапы гнусные! – уперев руки в бока, засмеялась мать, глядя, как солдаты идут к двери и трут глаза.

– Ви не бойтесь, у меня блат, – говорила мать равнодушному биндюжнику. Она сидела рядом с ним на возвышении, накрытом брезентовым плащом. Вдруг повернулась к сыну:
– А ну не пачкай брючки!

Полезла в кошёлку и вытащила клочок мятой газеты.

Он подстелил.

– Вытруси пыль! Я тебе сказала!..

«Витруси пиль...»

Он привстал и отряхнул брюки.

– Ви не бойтесь, – крестясь, говорила мать биндюжнику, когда они въезжали в ворота еврейского кладбища.

Биндюжник помог двум алкашам, пошедшим за «площадкой», снять гроб.

Гроб поставили на землю. Алкаш заводил верёвку. Мать полезла в кошёлку и дала алкашу пять рублей. Он нагло потёр перед её носом пальцами, требуя прибавки.

— На двоих! — сказала, как отрезала, мать. — Кацапы проклятые!

Она столкнула крышку и упёрлась руками в края.

— Отойдите! — посмотрела она на алкашей тяжёлым взглядом, и они, вместе с биндюжником, отступили. Мать дёрнула Алика за руку, и он упал рядом с ней на колени.

— Поклянись над телом брата! — зло глядя Алику в лицо, выкрикнула мать. — Что ты никогда-никогда так не будешь!

Алик испуганно смотрел на неё.

— Поклянись, что ты будешь только хорошим мальчиком!

Он молчал. Он вобрал голову в худенькие плечи. У неё было страшное лицо — яростное, полное неземной силы, вспомнит он потом, через много-много лет.

— И чтоб никаких четвёрок у четверти! Голову откручу своими руками! Или узнаю про казёнку!.. Поклянись!

— Клянусь, — сказал Алик дрожащим голосом.

— Смотри мине! — погрозила она кулаком. И закричала так страшно, что он заплакал.

— Не плачь, — успокоенно сказала она, поднимаясь с колен. — Теперь я верю, ты будешь послушным мальчиком...

Гроб заколотили камнем — у алкашей не было молотка — и опустили.

Биндюжник бросил первую горсть и вытер руку о штаны.

— Там ихний поп ходит, — заискивающе улыбнулся один из алкашей. — Позвать?

— Себе зови такого попа, кацап пархатый!

Биндюжник взял с «площадки» лопату. Второй алкаш помогал ногами. Мать посмотрела на него таким взглядом, что он потерялся, присел на корточки и стал сгребать землю к краю руками. Мать тоже подталкивала ладонями рассыпавшиеся горки.

Когда они расплачивались с биндюжником, мать сказала:

– Это по-божески. А больше всё равно нет.

Оглядела брюки сына, отряхнула с них угольную пыль и заплакала:

– Смотри мне, подлец!

В голосе не было угрозы, в нём была только безысходная боль.

Они сели на трамвай и вернулись домой.

Арсеньев отпустил виски, встал и подошёл к окну. Рабочие возились у «бабы», готовясь её запускать. Перед домом напротив две женщины в сатиновых шароварах, надетых под юбки, размечали землю натянутой на колышки верёвкой, – разбивали газон.

Умылся. Задержался у двери, слушая, как скрежещут ключом.

– Здравствуйте, – сказал он вошедшей тёте Кате.

– Привет, Алик. Не ложился?

Он неопределённо повертел в воздухе пальцами и пошёл к себе.

– Алло! – сказал он, набрав номер. Трансагентство? Я хочу заказать билет, на сегодня, на любой рейс. В Одессу. Как же мне быть? Понимаете, на похороны! Близкий человек... родственница! Справки у меня нет. Что-что? Я вас очень прошу! Адрес: улица Горького, дом... Горького, да...

Он продиктовал адрес, закурил.

– Тата? Таточка, отчаянная просьба: одно место в гостинице в Одессе. Да в любой! Таточка, ты всё можешь! А я говорю – всё. Ну, есть. Конечно, увидимся! Какая любовница, милая Тата? У меня одна была любовница, так и та меня оставила. Ага! Выходит, ты не виновата! Тат, в знак прошлой и – ты слышишь? – и будущей дружбы!

Положил трубку, потёр виски. Грохнула «баба», и он вздрогнул.

– Чёрт!

Вскочил и бросился к машине. Через несколько минут он был уже на Полянке, у магазина похоронных принадлежностей.

– Вот этот, – выбрал он венок. – А вот текст.

Он вручил бумажку с текстом пареньку со значком американской выставки и расплатился.

– Часа через три будет. Адрес оставили?

– На обороте. Да, и ещё вот этот, – отложил он венок.

– Текст тот же?

– Что? Хорошо, что спросили: совсем другой.

Он написал на бумажке несколько слов, и паренёк приколол её к венку.

– Со вторым можете не спешить. – Он выбежал из магазина.

 Не заезжая домой, махнул во Внуково. Побродил у касс – и ему чудесно, несказанно повезло: гражданин собирался сдать билет. Рука Арсеньева уверенно потянулась к билету, перехватила его и подала в окошечко.

– Мы с гражданином договорились, и вот мой паспорт.

Кассирша была чем-то недовольна, и Арсеньев печально улыбнулся:

– Вояж скорби. Родственница скончалась. Скоропостижно и нелепо.

Кассирша взяла паспорт.

– Груз будете перевозить?

– Груз? Впрочем – буду! Венок. На могилу, понимаете?

– Венок на могилу входит в стоимость авиабилета, – изрекла кассирша, не ощущая комичности фразы.

– А деньги? – теребил Арсеньева за локоть сдавший билет гражданин. Арсеньев освободил локоть и отсчитал деньги.

В машине он попробовал представить себе встречу с Янькой Ружмондом. У него ничего не получилось. «В больницу приходил – значит, он в Москве?»

Вот он опять дома.

«Порск... порск-порск... порск...»

— А, чёрт! — вбежал он в кухню. — Это вы ему дали?

— Полезла в помойное ведро — ты всегда что ни попадя выбрасываешь, развернула кулёк...

— Кулёк! Микробы, между прочим! Хоть бы одеколоном протёрли!

— А ты б хотел, чтоб живое жило, да не болело? — осуждающе покачала головой тётя Катя.

Философша! Философистка!

Он швырял в чемодан рубашки, галстуки, носки. Провёл пальцем по плечикам в шкафу. Ничего не поделаешь, придётся брать чёрную пару. Вынул из шкафа, вытащил из петлицы засохшую, пожелтевшую гвоздику, пошёл к зеркалу, приложил к борту траурную ленточку. Чёрная, она совсем не смотрелась на чёрном.

— Записка с телефона, — доложила тётя Катя.

Он прочёл.

— Надолго уезжаешь?

— А? Дня на два, на три.

— Ну что ж, как раз и выздоровеет. А я тогда покрещу.

— Что-что?

— Да уж говорила тебе: покрестить хочу. Ты-то сам крещёный... а ребёнок... Не дай Бог что случится!..

— Боже, что вы говорите? — оторопело смотрел он на неё.

— Потому что чувствует сердечко! В интернатах — сам знаешь как!..

Она заплакала.

— То не болел — а тут вдруг горло красное. Неспроста! Словами сказать не может — так организм показывает, что не хочет из родного дома.

— Тётя Катя, перестаньте говорить ерунду.

— Врача вызвала — ОРЗ. Справку дал. Хотел бюллетень, а

меня стыд взял, я и говорю: на кого бюллетень-то? Бюллетени тем, у кого совесть есть...

— Тётя Катя, я сейчас вам такой бюллетень покажу!

— А ты не грози! Я больше тебя могу грозить. Сказала — и вот увидишь: сделаю! Вот назло тебе!

— Тётя Катя! — он вытер вспотевший лоб. — Не до вас мне сейчас. Потом всё обсудим.

— Вот наложу руки, как обещала, — тогда обсудишь!

— Тётя Катя! Боже мой!

Он скрипнул зубами и занялся чемоданом.

— Так я покрещу? Пока дома-то не будешь?

— Вот привязалась! Что хотите, делайте.

Он закрыл чемодан и посмотрел на часы. Пора ехать, на автобусе часа полтора добираться. Что ж венок не несут? Хотел закурить, но сигареты кончились. Сейчас сбегать или по дороге купить? Пошёл к двери. Тут раздался звонок в передней.

— Пришёл, пришёл, вернулся, — говорила тётя Катя.

«Кого это принесло?»

С чемоданом в руках он вышел в переднюю и нос к носу столкнулся с Витой. Он остолбенел.

— Аличек, я набралась нахальства без приглашения! Ты меня не узнаёшь?! Аличек, я Вита! Ты же ничуть не изменился! Я как увидала тебя среди толпы — на меня смотрели, как на малахольную: я так кричала! Но ты сел в машину и уехал!

Он поставил чемодан к ногам.

— Аличек, та ты что?! Та я ж Вита! Ой, какая у тебя квартира! Это твоя?!

Вита замолчала и наклонила голову набок:

— Может, пригласишь молодую и интересную увнутрь?!

— Пройдём...те...

— Та ты будь со мной на «ты»! Я этого так не люблю! Просто не перевариваю!

Он шёл впереди, ведя её к кабинету. У него ум зашёл за

разум. Возникла перед глазами родинка над холодной, окостеневшей чьей-то грудью.

– А здесь у тебя тоже что-то? – Вита бесцеремонно протянула руку к двери в комнату мальчика, и он поймал её руку на лету.

– Да, здесь у меня тоже что-то.

– А шо ты заводишься без стартёра?! Если там твоя фемина, так я не страдаю половой невоздержанностью, у меня нет этих симптомов! Ой, ты жи не знаешь, как я тебя искала! Мне говорят: улица Горького – вон в ту сторону! Ну, где у вас Кремль! Ты думаешь, я так им и поверила! Я жи знаю, где улица Горького! Но чтоб Аличек жил у центре?! Так оказалось, что таки да! Ты что, большой начальник главка?!

Он посторонился, чтобы её пропустить, но она отбросила его громадной грудью и сказала:

– Твоя дама идёт за тобой! Не бойся, твоя дама никуда не оторвётся!

Он обалдел. Родные интонации – агрессивные, пугающе-скандальные для непривычного уха и такие дружелюбные – свойские! – для уха к о н в е н ц и о н н о г о, – интонации его детства, от которых он отвык, шквалом обрушились на него.

– Как ты здесь очутилась?

– Шо такое, может, ты сначала скажешь хау ду ю ду? Как?! Я взяла фару и говорю: шеф, на улицу Горького. А он: вы на ней стоите! Я говорю: а что, я не вижу?! У вас тут все малахольные или через одного?! Что, на всю Москву у вас одна улица Горького?! А переулок или проезд Горького у вас уже нет?! Я знаю Москву не хуже кого! «Лейпциг», «Власта», «Ванда», «Ядран»! Тебе нравится «Ядран»? А мне – нет! Там же никогда ничего не купишь!

Он рассмотрел её. Как она изменилась! Впрочем, что значит изменилась, если речь идёт о двадцати годах! Но до чего та женщина на неё похожа! Он вспомнил белую щёлочку между веками, вспомнил, как клал на грудь цветы, – и содрогнулся.

– Шо такое?!

– Извини, у меня голова что-то...

– Пить надо меньше! Я, конечно, говорю с чувством юмора! У тебя тут не пропало чувство юмора?! Пить надо больше!

«Чувство юмора». Родная Одесса... Но до чего ж она тараторит! Он вспомнил: южане на выражение аналогичной мысли тратят в полтора раза больше слов, чем жители умеренных широт. Он усмехнулся: если б в полтора!

– Шо ты молчишь, как партизан в начале допроса?! Ладно, я расскажу тебе про свою жизнь! У меня соседка знаешь как говорит?! Она говорит: за свою жизнь! Шо ты с неё возьмёшь! Называется, она кончила техникум связи! Ты тоже что-то кончил?

– Филфак МГУ.

– Да?! Ну что ж, это неплохое учебное заведение! Да, так с чего я на́чала? Выбегаю я с этого магазина, где эти аферисты устроили дебож, и что я вижу?! Стоит Алик! Аличек Арсеньев! Ты же не изменился! Ты даже не пополнел! А я сильно пополнела?!

Всё это уже действовало ему на нервы.

– А как ты оказалась в Москве?

– А шо такое, я не могу приехать в вашу столицу?! Ой, но у вас тут такое творится! Как вы тут живёте?! Нет, я серьёзно! Да, я забыла спросить, у тебя есть дети?!

Она полезла в сумочку и достала шоколадку. Точно такую, как он дал бабке – запоздавшей дуэнье... Со слоником на мяче.

– Это про цирк! – объяснила Вита, заметив, что он таращится на этикетку. – Так шо ты всё молчишь?!

– Есть.

– Так это будет им! У тебя двое?! Или одно?!

Она опять полезла в сумочку.

– Од...но, – усмехнулся он.

– Шо такое, я не так сказала по-русски?! Это жи у вас говорят как не знаю кто! Одна женщина, я с ней стояла в вашем «Детском мире», – так она говорит правильно, а все остальные!..

Сгорбившись, он смотрел себе под ноги и думал: и эта вульгарная баба – его Вита?

– А у меня двое! Два ребёнка! Так когда родилась Сусанна, Янька мне такое устроил! Он сидел... Не, он не виноват! Это такие аферисты! Хуже тех, что привязались ко мне в магазине!.. Ну, когда он вышел, он как прицепился! Будто я налила ему в борщ солярки! Нет, ты посмотри своими глазами! Шо тут такого?!

Вита опять полезла в сумочку. На этот раз не за шоколадкой – за фотографией.

– Это моя Сусанна. Тут у неё плохое платье!

– Ну и что? – спросил Арсеньев, отдавая фото.

– Он спрашивает: ну и что? Ты посмотри глазами! – совала она фото. – А теперь посмотри сюда!

Вита откинула соломенные волосы. Он ужаснулся: громадное серо-коричневое ухо торчало крылом летучей мыши.

– Шо такое, я виноватая, что у меня оригинальные уши?! А если я так роди́лась?! Так он так прицепился! Я говорю: шо ты хочешь, одно ухо твоё, другое моё! Но он же такой ревнивый! А почему у Оксаны уши одинаковые?! Нет, это он меня спрашивает?! Ну шо ты скажешь на такого придурка города-героя?! Я ему: знаешь, Яньчик, если бы я хотела, так я б успела сто раз и ещё восемь, ты же сам читал мне сказку «Тыща одна ночь»! Скажи спасибо, что две девочки! Причёску на уши – и вся проблема красивой внешности! Но вообще он меня так любит! Ты читал сказку «Тыща одна ночь»? Там же говорится, шо у идеальной женщины можно влить в пуп унцию масла! У меня как раз! Вот потрогай! Шо ты стесняешься? – Она схватила его за руку и заставила пощупать живот.

– Послушай, ты говорила, что попала в руки каких-то аферистов?

– Где? У вас?! Или дома?!

– Ну, я не знаю, – пожал он плечами.

– У вас – так он ещё получит! Шо ты думаешь, нет?!

– Я ничего не думаю,

– Ой, шо ты заводишься без стартёра?! Эти москвичи! Он жи сам ко мне подошёл – я его просила? Говорит: есть хорошие ме́ховые шкурки!

– Так и говорит: ме́ховые?

– Алик, я тебя не понимаю! Или ударение главное в жизни?! Говорит: пройдёмте ко мне домой! Я пошла! Шо, я знаю в чужом городе, кто у вас сексуальный маньяк?! Он вынес одну! Я говорю: вы смеётесь! За одну не стоило морочить голову! Он говорит: там много! Я говорю: принесите! Я жи не прошу всё сразу! Три! Он принёс четыре! Я поднимаюсь, беру, сколько мне нужно, потом беру всё, и тут – шо ты думаешь?! – входят эти двое! Он сильно пьяный, его чудачка тоже! Я завязываю всё у наволочку, быстро считаю четыреста рублей и хочу идти себе вниз, чтобы не иметь больше дела с этими аферистами! А чудачка того пьяного – так она его жена! – кидается к этому, ну, со шкурками! Он ей клянётся, шо у него со мной ничего не было, конечно, шёпотом от мужа, а она такая пьяная, что кидается на него с ногтями – прямо во так вот! – Вита чуть не сбросила Арсеньева со стула. – Он бежит умыть царапины, эти продолжают базарить, этот закрывается от неё у ванне, между прочим, голландское оборудование, а эта уже кидается на меня – мол, я у неё отбиваю! Я на неё такие шары! Этот услышал: «отбиваешь!» – и уже куда-то бежит! Как выясняется, через минуту – за ножом! Алик, вот такой ме́сер! Я уже проклинаю эти шкурки! Но я не могу открыть замок! «Как он у вас открывается?» Этот кричит: зарежу! А этот спекулянт убегает! Я хватаю шкурки – и к двери! А спекулянт – раньше меня! Чудачка за ним! Её муж следом! Выбили у меня шкурки! Я думаю: какие шкурки, надо спасать жизнь! Ну, пока они там убивают друг друга на лестнице – я мимо них вниз, эта чудачка видит и...

Арсеньев внимательно слушал.

– ...за мной! Я тогда в магазин! Спрятаться за людей! Между прочим, она чем-то на меня похожа! Лицом не так, а комплекция и сама фигура – я даже удивилась! Шо ты на меня так смотришь?!

Арсеньев внимательно слушал.

– Короче, я уже в магазине, она ко мне подлетает, сумочка упала, а там все мои деньги, я наклоняюсь, а она меня как турнёт! Я её не трогаю, а этот спекулянт всё трётся рядом с нами и повторяет: скажите ей, ничего не было! А кругом люди! И я не могу ему сказать про мои шкурки на четыреста рублей! Ладно, думаю, пока вы тут базарите, я сбегаю наверх! И так тихо ему: дайте мне ключ или я позову милиционэра! Он быстро даёт мне ключ, а та чудачка – шо ты думаешь?! – сразу в крик: «А, ключ?! А, ключ?!» Только я направилась в квартиру – этот спекулянт за мной, чудачка за ним, а тот вдруг сзади – я даже не знаю, откуда он выскочил! – как ударит её ножом! И в подъезд! «Всех убью, а сам повешусь!» Я минут десять кручусь возле магазина, как потерянная, тут уже «скорая», я вижу тебя, кричу: «Алик! Алик!», а вот-вот нагрянет милиция! Пора отваливать!..

– Постой, а почему он бросился на неё с ножом?

– Алик, я тебя не узнаю! Ты жи всегда учился на одни пятёрки!

– Но я в самом деле не понимаю.

– Ой, ну на почве ревности жи дают скидку! Тот чудак!..

– Со шкурками или с ножом?

– С каким ножом?! Я что, у с ножом покупала?! Я жи покупала у со шкурками! Так он с ней жил! Это их дело! А тот, видно, догадывался, и ему это надоело! А тебе б не надоело?!

– Кто догадывался?

– Ну, который пирну́л! Алик! Это ж её муж! Она приревновала того спекулянта ко мне и раскололась на глазах у мужа! А он её за это пирну́л – шо ты тут не понимаешь?!

В квартиру позвонили.

– Честное слово, ты иногда как мой Янька! Та женщина от-
кроет?

– Тётя Катя, вы дома? – Он подождал и пошёл открывать.

В переднюю вносили венок.

У него подкосились ноги.

– Это тебе? – спрашивала из-за плеча завистливым голосом
Вита.

– Нет, тебе! – сказал он в бешенстве.

– Алик, я тебе насыпала соли в чай?! – она обиделась.

– Извини... но почему – мне?

– Я жи не тебя лично имею в виду! Я, по-твоему, дура и не
понимаю, что ты ещё не умер?!

Он расписался в квитанции и дал доставщику рубль. Повернул голову и похолодел: Вита разматывала ленту. «Викто...»
Он оттолкнул её руку.

– Ты хочешь занести его в комнату?! Пускай себе стоит –
шо, он тут кому-то мешает?! Хороший венок! Сколько у вас
такой стоит?!

«О боже!»

– Так ты пришла, чтобы я помог тебе вызволить эти шкурки?

– Сразу узнаю друга Алика!

– Только, пожалуйста, помолчи, – попросил он в машине.

– Я не понимаю, что у человека какое-то горе?!

Странно, но ей удалось промолчать всю дорогу. Только на
поворотах наваливалась пышущей жаром грудью на его плечо,
больше никак не досаждала.

– Как мы туда войдём? – спросил он с тревогой, когда они
вышли из машины.

– Очень просто: ногами вперёд, – беспечно пошутила она,
но тут же присмирела. – Ой, ты знаешь, мне только теперь стало страшно! Без тебя я бы не решилась.

Он скосил на неё взгляд. В ней опять мелькнуло что-то от
прежней красавицы Виты.

– Вот эта дверь... Такие аферисты! Хорошо хоть нет крови!

На дверь была наклеена бумажка с круглой печатью. Он стоял, не зная, что предпринять, а она уже дважды повернула ключ в замке.

– Что ты делаешь?

– Я жи не пришла брать чужое! – Вита открыла дверь.

«Ну и троглодитка!»

Наволочка со шкурками валялась у двери.

– Пересчитай! – посоветовал Арсеньев, когда она вышла из квартиры. Сознание разницы между ними доставляло ему удовольствие. А она тем временем пальцем, смоченным слюной, приглаживала бумажку с печатью.

– Я не вижу, шо не трогали?! Я ж не ты, я привыкла доверять людям!

Они спустились к машине.

– Теперь ты куда? – спросил Арсеньев, с удивлением ловя себя на том, что ему вдруг стало грустно.

– Аличек, можно, я ещё немножко наберусь нахальства? Если тебе не трудно, подкинь меня к гостиницам ВДНХ. Я тебе не говорила? Я там остановилась.

– Слушай, давай заедем пообедать, – предложила она в машине.

– Я сыт.

– Но я жи должна тебя отблагодарить! Или я невоспитанная свинья?!

– Правда не хочу. Не то настроение, Вита.

– Ах, да! Я ж забыла!

– Где ты работаешь? – спросил он, когда возле Окружной повернул к гостиницам.

– Я получаю 180. По специальности.

– В порту?

– А где, в Одесской филармонии? Я ж кончила Водный институт!

– Да, твоё удостоверение... там, в магазине...

– Ой, не говори! Хорошо, не забрызгали кровью! Но я знаю один способ от этих пятен. Меня одна женщина научила, мы вместе в родилке лежали. Когда пачкается нижнее бельё... шо ты на меня так смотришь?! Шо, ты маленький мальчик?! Я тебя научу, если тебе надо. Конечно, не для тебя лично, а для твоих фемин!

– Спасибо, не нужно. А... Янька работает?

– А у нас кто-то может не работать?! Ой, мой Янька – это целый анекдот! Он ушёл с последнего семестра! Он работает мясником. По-твоему, все должны быть интеллигентами? А кто будет обеспечивать семью? Нам с ним хватает одной интеллигентки! Так шо, ты не хочешь зайти в кафе?! Шо, ты сильно гордый?!

День, опрометчиво начавшись в морге и благополучно перевалив через спекулянтскую малину, склонялся к тому, чтобы празднично завершиться в забегаловке, где Вита – странная где угодно, только не в Одессе, смесь оголтелой цепкости, младенческого простодушия и вздорного всезнайства – из чувства благодарности поставит Арсеньеву бутылку бормотухи. Ему снова стало грустно.

– Вот твои гостиницы...

– Ты думаешь, я слепая?! Ну, пока! Будешь в Одессе – заходи! Пионэрская, 9. Или надо будет негде остановиться! Янька тебя помнит!

Она подкрасила губы, обняла шкурки и, вспомнив об услуге, поцеловала его в висок. Выражение озабоченности мгновенно поглотило её прощальную улыбку. Он подождал, пока она выйдет, и стёр платком помаду. Она была того же цвета, что и на мятых губах старухи в морге. Передали сигнал точного времени. Было шесть часов вечера.

«Баба» вынимала всю душу.

– Что ж ты не едешь? – просунула голову в дверь тётя Катя.

– Я уже приехал.

– Так быстро?

– Самолёт, тётя Катя. Час туда, два обратно.

– Ну, отдыхай. Так покрестим?

– Ой, тётя Катя!..

Ушла. Раздался резкий звонок. «К нам, к нам!» – услышал он голос тёти Кати. Потом дверь закрылась.

– Тётя Катя, кто это был?

– Венок принесли. Лучше прежнего!

– Вено-ок?!!

– Иди полюбуйся! «Дорогому Ивану Фёдоровичу Кочеткову».

Он вспомнил, что, заказывая венок для Виты, заказал заодно и для профессора. Он посмотрел на обрадованную тётю Катю и захохотал диким смехом.

– Молодец, Алик! – похвалила тётя Катя.

Он оборвал смех.

– Молодец. Значит, и тебя взяла совесть – раз венок купил. А ещё покрестим, Алик...

– Тётя Катя! – подскочил он на стуле, как укушенный. – Тётя Катя!!!

– Что, Алик?

– Идите вы знаете куда, тётя Катя!..

III. Инна. То есть обморочное шествие триумфатора

Инна когда-то была женой Алика Арсеньева. А сейчас он пришёл к ней в гости. Повидаться.

– Ты так долго идёшь открывать, что скоро я наберусь наглости и попрошу тебя заказать ещё один ключ, – он улыбался, задержавшись на пороге.

– Входи. Ну, входи же.

– А ты, мать, нервничаешь? – рассматривал он её сквозь прищур, не трогаясь с места.

– Ой, извини, я... на минутку в кухню...

Он поднял бровь и наклонил голову к другому плечу.

– Господи! Да входи!

– Войду! Хотела пошептаться с мужем? – Арсеньев с понимающей улыбкой глядел ей в глаза. – Кстати, почему ты его держишь в кухне? Он может обидеться.

– Он не похож на тебя, – злым, шипящим шёпотом ответила Инна. – Проходи, раздевай... чёрт...

– В самом деле: какое раздевайся? Или ты на что-то намекаешь?

– А ну тебя!.. Стой, если хочешь, – Инна повернулась и пошла в кухню.

– Ин, а Ин, – шёпотом заговорщика позвал Арсеньев, и она остановилась. Он лениво подходил к ней. – Ин, а ты не забудь сказать ему свою дежурную фразу: «Умоляю, не оставляй меня с ним наедине!»

Гримаса отчаяния исказила её лицо. Она двинулась в кухню.

– Пришёл? – тихо спросил её муж.

Она обречённо вздохнула.

– Ты же знаешь, как для меня важна эта встреча, – муж оглядывался на дверь, – я и так опаздываю...

Инна смерила его взглядом с ног до головы:

– «Ты же знаешь!» А он снова начнёт приставать?..

– Ну... – виновато переминался муж с ноги на ногу.

– Ну и иди! – злые слёзы навернулись ей на глаза.

– Я постараюсь не задерживаться, – еле слышно оправдывался муж.

А Арсеньев курил с делано-безразличным видом. Она подошла к окну. И перед этим домом разбивали газон. Она стояла и смотрела. Арсеньев искоса следил за ней.

– Не сказал, когда вернётся? – тихо спросил Арсеньев, подойдя вплотную. Положил руку ей на плечо. Она повернула к нему лицо ангела, изнемогшего под тяжестью креста, он усмехнулся и снял руку.

– Думаешь, начну к тебе приставать? – он перегнулся через кресло и подчёркнуто аккуратно стряхнул пепел в пепельницу.

– Ничего я не думаю...

– Хочешь сказать, я не думаю, я знаю? Почему же не договариваешь? – он устраивался в кресле.

– Боже! – прижала она руки к груди. – За что, ну за что мне такое?

Она заплакала.

Хлопнула входная дверь: ушёл муж. Она усмехнулась, вздохнула, вытерла слёзы. Села в кресло, взяла сигарету, закурила. Посмотрела на Арсеньева насмешливо.

– Скажи, тебе это ещё не надоело?

– Я тебе цветы принёс, – грустно сказал он после долгого молчания. Встал, пошёл из комнаты. Остановился и добавил тоном обиженного ребёнка: – Ты даже не взглянула на них... На вешалке мои цветы...

Вот вернулся с цветами. Она теперь смотрела на него, удобно, уютно подперев щёку рукой. У неё были очень добрые глаза.

Вот сел.

Она ещё уютнее оперлась щекой на руку.

– Скажи... почему женщинам со мной плохо?

Она не сводила с него материнского взгляда.

– Нет, не в постели! – спохватился он.

– Да я понимаю, – мягко улыбнулась она.

– Правда? – спросил он недоверчиво.

Она успокаивающе кивнула.

– Так почему?

– Почему? Потому что твои цветы на вешалке.

– ?..

— Так у Чехова мог бы кто-то сказать. Жалуясь на свои тридцать три несчастья.

Он вздохнул, помолчал и улыбнулся ей:

— Ты сейчас так хорошо на меня смотришь. Знаешь, мне даже начинает казаться, что ты опять меня немножко...

— Алик! Пусть тебе ничего не кажется! — она поджала губы.

— Ну, ладно, ладно! Да, кстати, а какой я в постели? Вот ты теперь узнала других мужчин...

— Ну зачем тебе всё это? — поморщившись, осторожно перебила она его.

— Трудно сказать? От тебя не убавится, а мне просто любопытно. В конце концов, ходят же люди время от времени в фотографию.

Она посмотрела с недоумением.

— Не понимаешь? Некоторые даже заводят альбомы. Чтобы знать, какие у них в разное время были лица. — Он придвинул к себе пухлый семейный альбом. — Меня здесь нет? — она отрицательно качнула головой. — Ну и напрасно. Так вот, то, о чём я спрашиваю, по сути, то же фото. Стой, кажется, я даже придумал название. Я бы назвал это так: сексуальный портрет.

Она молчала, и он молчал. Вот она сказала:

— Знаешь, я сейчас следила за твоим лицом. Раньше, когда тебе казалось, что пришла в голову удачная мысль, ты воодушевлялся, у тебя очень менялось лицо. А сейчас, Алик...

Он виновато улыбнулся.

— И эти твои вопросы. Ты никак не можешь найти верный тон... — Инна помолчала. — Господи, Алик! Ты хочешь замучить меня?..

— В постели? — спросил он и поспешил добавить: — Молчу, молчу! В самом деле, никак не попаду в тон. Но ты всё же ответь.

— Тебя это беспокоит? Ты спрашивал об этом миллион раз.

— Да? — искренне удивился он.

— Да, — сухо сказала она. — И миллион раз я тебе говорила,

какой ты в постели. И вообще – что ты ко мне пристал? Кто дал тебе право надо мной издеваться? Мы давно разведены. Я справку покажу тебе из ЗАГСа, если ты забыл. Сниму копию и приклею её тебе на лоб! В конце концов, у тебя есть кого об этом спрашивать! Что ты пристал, как банный лист? Чёрт тебя!..

– Только не заводись, тебе это не идёт, – остановил он её очень обаятельной улыбкой, и она тут же успокоилась. – Что мне они? Ты ведь жена, ты ведь...

– Бывшая!

– Молчу. Бывшая. Но всё равно ты лучше знаешь. Мы с тобой пять лет прожили. Так неужели трудно ответить?

– Так. Хочешь – запиши. Больше повторять не буду!

– О, я запомню, ты не волнуйся!

На него невозможно было сердиться. Она безвольно опустила руки и рассмеялась.

– Кошмар! Итак, какой вздор ты тогда об этом говорил? А... Вот! Значит, ты и не нежный, и не «вулканический». А самый что ни на есть обыкновенный. Когда лучше, когда хуже. Всё. Запомнил? Самый обыкновенный! Не лучше всех остальных! Дальше будешь спрашивать? Это ты хотел услышать?

Она снова закурила. Он протянул руку к пачке.

– Можно? Главное, что не хуже... Нет, у меня есть сигареты. В машине остались. Но если ты не хочешь, чтобы после развода я курил твои...

– Алик, устала я! Перестань валять ваньку! – она засмеялась, но тут же помрачнела. – Жизнь вовсе не так весела, Алик, чтобы...

А он уже был рядом. Он гладил её колено.

– Убери руку, я сказала! Убери, говорю... ну и не убирай! Ну и чёрт с тобой! Это какой-то кошмар! Это анекдот какой-то!

– Ой, я знаю такой анекдот! – хлопнул он её по колену. – Хочешь расскажу?

– Что хочешь делай!

– Ну, раз так, анекдоты мы отложим на потом. – Он встал с колен и подхватил её на руки.

– Я тебя сейчас... прирежу! Да, прирежу!

 Он кружил её на руках.

– Не надорвись, Алик.

– Не волнуйся.

– А и правда! Даже дышишь не так тяжело, как раньше.

– Поцелуй меня один раз, – попросил он.

У неё округлились глаза. Потом глаза сузились, и она сказала устало:

– Целуй. Целуй, чёрт бы тебя, только быстро. От тебя ведь не отвяжешься...

Он поцеловал её долгим поцелуем. Она страдальчески смотрела ему в глаза, пока он целовал.

– А почему ты не отвечаешь? – в тоне была укоризна. – А тебе нравится, что хоть ты и залила мне весь лоб клеем из ЗАГСа, я с тобой такой лёгкий?

– Такой!.. сказала бы я тебе – какой!..

– Я жду, – он качал её на руках.

– О боже! На, идиотина, на, кретин!

Она впилась в его губы. Он прикрыл глаза от счастья.

– Получил? А теперь гуляй! Понял?

– Фу, какие мы вульгарные. «Гуляй!» И это говорит интеллигентная женщина. Ординатуру закончила. Зачем же мне «гулять»? Теперь мы пойдём туда...

Арсеньев с Инной на руках двинулся в спальню.

 Она размахнулась и влепила ему пощёчину.

– Ну уж, милый!

– А скажи ещё раз «милый»!

– А это видел?

– Ничего пока не видел.

– Ну и не увидишь! Слушай, знаешь что? Катись-ка ты отсюда...

Она вывернулась, чтобы было удобнее оттолкнуть его, и

напрягшимися до судорог руками надавила ему на горло.

Хлопнулись об пол шлёпанцы.

– Звук оборвавшейся струны...

– Сколько можно издеваться?!

Она сопротивлялась уже не на шутку, и он вынужден был опустить её на пол.

– Ну вот, женщина, ты и свободна. И чего ты добилась? – он улыбался как ни в чём ни бывало. – Могла бы позволить донести тебя до кресла. Теперь ноженьки запылятся.

– У меня чисто, подметала вчера! Муж подметал! – сказала она со злостью, и он засмеялся вежливым смехом.

– Приятного моциона. Босичком – потому что эмансипированной некому подать тапочки?

– Замолчи, чёртов идиот!

Улыбнулась, увидев себя со стороны.

 А он смотрел на неё грустными глазами. Такими грустными, что у неё зашлось сердце.

– Алик! Алик!..

Она заплакала тихо-тихо.

– Не надо, ладно? Я не хотел! – он сам чуть не плакал. Подошёл и осторожно погладил её по голове. Она заплакала сильней. И не отстранилась.

– Честное слово, ты ведёшь себя как...

– Тебе обязательно нужно меня обидеть? – вскинул он на неё насторожённый взгляд.

– Я не хочу тебя обижать, но… честное слово! А ведь ты же умный, ты красивый, ты замечательный, прекрасный человек! Что же ты меня изводишь? Что же ты всех нас изводишь? Тебе же самому от этого плохо! Ну будь же ты хоть немного мужчиной! Капельку воли! Капельку, Алик! И всем с тобой будет так хорошо! И тебе самому, Алик!

Она вытирала слёзы, а они катились и катились.

Он смотрел в одну точку.

– Мне так плохо... мне так… Инна!..

— Я знаю, Алик! Я всё знаю! — Инна присела перед ним на корточки, погладила по руке, потом потянулась и погладила по щеке. Он поднял на неё несчастные глаза.

— Мне так…

— Я знаю, знаю, ты сиди, ладно?

— Мне…

— Я знаю! Не надо, умоляю! Я принесу тебе воды, хорошо?

Он покачал головой. Она всё ещё держала ладонь на его щеке. Он отстранился. Сидел, сгорбившись.

— И кто поверит?! — воскликнула она. — Человек в Кембридж с лекциями ездит! Богат, молод, талантлив! Всего в жизни добился к каким-то тридцати с чем-то годам! Кто поверит?!

— Я ни на что не жалуюсь, и не надо меня жалеть…

Он встал и пошёл к двери шаркающей походкой старика.

— Не уходи! — вскочила она с корточек и догнала его. — Хочешь, я сварю тебе кофе? Хочешь, водки дам?

Он опять смотрел в одну точку.

— Анекдот мне расскажешь, хочешь?

— Какой ещё анекдот? — пожал он плечами.

— Ну, какой-то! — просила она. — Про газон?

— Триста лет стричь и поливать? — усмехнулся он. — Лет до семидесяти я, конечно, доживу… А ведь я ни в чём не виноват, Инна! Если водолаза поднимать слишком быстро, Инна!..

— Я знаю, знаю! — успокаивающе гладила она его по руке.

— …у него, Инна, развивается кессонная болезнь…

— Знаю! Успокойся, мой родной! Как ты похудел! Такой маленький!

Он ещё ниже опустил голову. Она схватила его за руку: он открывал замок. Она сняла его пальцы с замка, за плечи повернула к себе.

— Ну, хочешь?..— она закусила губу. Он смотрел куда-то мимо неё.

— Ну!..— со стоном сдавила она его кисть.

Он смотрел на неё благодарным взглядом и качал головой отрицательно.

– О чёрт! – она с хрустом сжала переплетённые пальцы. – Что я несу?! Какой-то кошмар! Уходи, Алик! Нельзя же так... Надо держать себя в руках...

– Я люблю тебя, – выдавил он.

– Люблю! Нельзя, Алик! Есть такое слово: нельзя! Малым детям говорят, и они понимают! Ах, я и забыла, ты ведь тоже ребёнок! Но почему ты не понимаешь? Почему тебе хочется так жить, Алик? Почему?!

– Мне не хочется...

– Хочется! Ты не обижайся, это правда!

– Я не обижаюсь...

– А ведь мнишь себя небось Печориным? Но ты ошибаешься, Алик: ты не имеешь к нему отношения!

Он улыбнулся.

– Эх, даже ты ничего не поняла... Я ни к чему не имею отношения, а главное – к себе самому.

Он молчал.

– Ты не обижайся на меня, Алик, – растерянно попросила она. – Я ведь и так для тебя... всё... Может, вернёшься? Посидишь? Мне так тебя потом жалко!

Он выпустил замок.

– Знаешь, что я придумала? – тянула она его за собой из передней. – Пока тебя не было... я как-то села, настроение было – не передать: представила себе, как ты там! Только ты не звони мне – не пользуйся! Ну, не так часто, хорошо?

– И что же ты придумала? – спросил он, усаживаясь и закуривая. – Что придумала?

Инна наливала в бокалы вино.

– Или тебе водки?

Он равнодушно пожал плечами.

Они чокнулись, она выпила, а он пригубил.

– Ведь я какой-никакой, а психиатр! Какая-никакая? И даже удавалось кое-кого вылечить!

– Ну, – подбодрил он её улыбкой. Она говорила с ним, и он снова был счастлив.

– Ведь все твои женщины...

– Разве ты их знаешь? – спросил он ревниво.

– Ты же сам мне их показывал – забыл?

– Ну и что? – он обиженно нахмурился.

– И уж во всяком случае эти две последние! Ванда и эта, как её? Тата! Они ведь тебя теснят! Во какие бабищи! И спереди столько, и сзади ещё больше! Зачем тебе такие, Алик? Тебе маленькие нужны. Худенькие, беззащитные. И совсем-совсем молоденькие. Потому что...

– Вздор какой ты говоришь!

– Вовсе не вздор!

Он хмурился.

– Психологически теснят!.. Как ты не понимаешь, они не дают тебе ощутить себя нормальным человеком! В психиатрии есть такое понятие: границы личности, ощущение собственных границ. Так вот, ты должен занять свои границы. Должен, Алик. Ты не представляешь себе, насколько это серьёзно. Люди с ума от этого сходят. Вот хочешь, я дам тебе Ломброзо почитать? Шибутани?

– Я читал.

– Ты тянешься к большим женщинам, надеясь... не перебивай, Алик! Это у тебя безотчётно! Подлое подсознательное! Ты надеешься, что такая – вот такущая! – женщина заменит тебе мать. Ты вечный ребёнок, Алик! Сыночек! А нам – уж прости за откровенность – осточертели такие сыновья! Мы же слабые бабы, как вы все это забываете? Мы женщины! Мы сами нуждаемся в защите! И поэтому тебе искать среди нас – безнадёжно! Тебе девочка нужна восемнадцатилетняя, которая ещё недавно в куклы играла!

Он смотрел на неё со скептической улыбкой.

– В куклы, Алик! – с пылом уговаривала она его. – Она и с тобой будет няньскаться! Дети это ужасно любят: превращать взрослых в детей, а себя во взрослых.

– Я ж ей такой в отцы гожусь.

– Что из того? Да и в какие отцы, Алик?! Психологически – ты не обижайся! – ты мне годишься во внуки! Если не в правнуки! И дело не в интеллекте! Интеллект в этом роли не играет – в том, что называется ощущением границ собственной личности! Господи, Алик, как ты не понимаешь, что в психике что ни процесс – то почти всегда необратимое!

Он дослушал, не перебивая.

– Если ты так всё знаешь, что же ты мне раньше не говорила? Ты и за психами своими так же «своевременно» присматриваешь?

– Разве не говорила? – удивилась она. – Эх, Алик, только за психами и успеваю присматривать. Не успею – с работы выгонят. А больше ни на что меня не остаётся: дом – трамвай – работа... Отсюда и психология – задёрганной... проще говоря, работающей женщины... Собственно, психология не женщины – стиральной машины... Смотри, как выгляжу!..

Она притихла.

– Тот случай – помнишь?..

– Это когда пацан залез в бакалейный ларёк?

Она кивнула.

– Чистых убытков – двадцать один рубль с копейками. Два портвейна выпил, четыре передал, ну, ещё бутылку разбил. Консервы камнем разбивали – восемь испорченных банок. А навесили на него – девятьсот рублей! Вот же мафия эта торговая! Я к матери: что ж вы его на учёт ко мне не поставили? А она: давно хотела, да как-то то одно, то другое. А они решили повторно рассматривать на показательной выездной сессии, чёрт те куда, в Зеленоград заперли! И придётся ездить...

– Посадят?

– Он с отклонениями парень, – растерялась она, – с явными отклонениями. Почему, собственно, те и уговорили взять всё на себя. Но иди теперь доказывай его отклонения, если на учёт вовремя не поставлен. Пока докажешь – он и срок свой отсидит...

Она долго молчала, и он спросил:

– Слушай, а не расскажешь-ка ты мне лучше вот про что?..

Она нервно выпрямилась:

– Если ты снова об этом, то ты просто свинья! Я тебе уже сто раз говорила: мужем своим я вполне довольна!

– Да не об этом я вовсе!

– А... тогда о чём же? – она озадаченно смотрела на него.

Он махнул рукой:

– Да ну его и вообще всё! Даже мы друг друга не понимаем.

Посидели, помолчали.

– Может, ты уже пойдёшь? – робко спросила она.

– Вот так всегда...

– Не обижайся: дел – уйма! У Пашки всё нестиранное, а завтра в школу.

Он вздохнул, поднимаясь.

– Что мне эти восемнадцатилетние соплюшки? Я тебя люблю.

– Алик! Это невозможно...

Он ещё больше сгорбился.

– И опять-таки, – улыбнулась она, – я вон какая бабёха! Целых две!.. Да, кстати, как это тебе удаётся? Сына-то ведь совсем забыл? Ну что ты за монстр!

– Какого сы... То есть, почему забыл?

– «Какого сына?» Пашку, других у тебя нет!

– Я ведь прихожу.

– Ты не из-за него приходишь, а из-за меня, Алик.

Арсеньев посмотрел на неё и отвернулся.

– Денег тебе дать? – спросил он.

– Да не нужны мне твои деньги! – вспылила она. – Сколько можно об этом?! Я получаю ровно столько, сколько причитается по закону, а больше мне от тебя ничего не надо! Ни-че-го!

Он нагнул голову, прощаясь. Вот хлопнула в передней дверь.

Она посидела в задумчивости. Взгляд её упал на его почти нетронутый бокал: свой она давно выпила. Она смотрела на этот бокал озадаченно – что ей с ним делать? Наклонила к горлышку бутылки, попробовала перелить, но вино пролилось на скатерть. Она поставила вино на стол. Потом поднесла к губам и, усмехнувшись, медленно, цедя, выпила до дна.

Звонок раздался в передней, и она пошла открывать. У неё была разбитая походка. Вернулся её муж.

Он улыбался. Она прижалась к нему.

– Так быстро?

– А... нужно было ещё? – растерялся муж.

– О боже! Он, чего доброго, и тебя сделает неврастеником! – испуганно произнесла она. – Ну, рассказывай. Всё было в порядке?

– Да. Если не считать...

– Знаешь, ты... ты не сердись на него! Он несчастный и... хороший-хороший!

– Да, я знаю, – охотно согласился муж.

– Иногда мне его так жалко! А иногда он мне просто противен!

– Я знаю, ты уже говорила. А...

– И он – ты должен понять это! – он...

– А завтракать мы сегодня не будем?

– Ой! Прости ради Бога! – Инна убежала в кухню.

...В передней какое-то время было тихо, потом из кухни донёсся стук вилок о тарелки. Ещё через какое-то время стук одной вилки прекратился, и сменивший его голос Инны достиг передней:

– Знаешь, он из тех мужчин, которые просто нуждаются в женском деспотизме. Что ты на меня так смотришь? Не веришь, что так бывает? Как психиатр говорю!

В кухне звякнули вилкой резче. А после звяканье опять вошло в норму.

— ...Слышишь? Извини, что говорю с полным ртом! Он в самом деле без этого не может. Он жизнь со мной, знаешь, как называл? Дисбатом! Дисциплинарным батальоном! Представляешь?

Опять резко отложили вилку.

— ...Потому что он... сейчас только прожую... потому что он...

Вилка звякнула откровенно угрожающе. Затем звяканье надолго стихло совсем.

— ...не может обходиться без чьей-то твёрдой руки — а ты ешь, ешь! Если тебя этот разговор почему-либо раздражает... Потому что он разорван. У него душу разорвало, когда он поднимался со дна. Во-он какая толща была над ним! А ему никто не сочувствует! Ведь как мы живём? Каждый занят собой. А тут так мало надо: просто понять... Знаешь, когда водолаза поднимают слишком быстро, у него развивается...

— Знаю! Кессонная болезнь! Ты твердишь мне это каждый день!

— Разве? Странно... Но ты ешь, ешь, ты не нервничай! Ешь, мой хороший! Я ведь люблю тебя!..

После долгой паузы в переднюю снова донеслось звяканье вилок. Кажется, больше в это утро оно не прерывалось.

А Арсеньев давно уже сидел за рабочим столом, в руках у него была «Засека».

— Вот и всё, — он побледнел. — Всё. Да, всё очень просто. Подделка. И если это обижает вас, профессор Кочетков, то... — он встал, — вот что я вам скажу — и сейчас я могу позволить себе монолог какой угодно длины, ведь я триумфатор. Но я не буду говорить с вами долго, вы этого не заслуживаете. Итак, я сделал открытие. Точнее — закрытие. Закрытие, да. Я закрываю вашу науку, профессор Кочетков, потому что она была ложной от первого до последнего вашего вздоха. Она вздором была, ваша наука. Вы всю жизнь носились с этой «Засекой», сделали на ней кандидатскую, докторскую, добились в жизни положения, когда уже могли позволить себе роскошь, так льстящую самолюбию каждого из нас, — протянуть руку помощи талантливому молодому человеку, погибающему таланту — вроде меня, а ведь вы были в науке профаном и невеждой, профессор. И я не постесняюсь раззвонить об этом на весь белый свет: пусть все знают, какую тухлятину вы подсовывали нам в качестве краеугольного камня в храме национального самосознания. Вы ведь настаивали, помните, я сомневался, а вы настаивали, вы говорили: «Засека» не меньше «Задонщины», она чуть ли не равна «Слову». Вся ваша жизнь — именно тот случай, когда простота хуже воровства.

Он остановился у зеркала, направил на него невидящий, оторопевший взгляд. Подошёл к письменному столу и стал лихорадочно выдвигать ящик за ящиком. Вот в его руках подписанное фото в рамке. «Несмотря ни на что... — с верой в Алика Арсеньева — проф. Кочетков». Арсеньев поставил портрет перед собой.

— Заметьте, я даже не побледнел. И уж ни за что не скажу эту вашу любимую дурацкую фразу: «Ай да Пушкин, ай да сукин сын!»… Вы с ней, самовлюблённое ничтожество, чуть ли не из сортира выходили. Не скажу, потому что мой Пушкин...

Арсеньев закрыл глаза и бросил фото в ящик.

Капля пота скатывалась с виска.

— Боже, с кем тут говорить?! С кем?!..

— Тётя Катя! — заорал он не своим голосом. — Вы дома?

— Что стряслось, Алик? — она шла на зов, сотрясая квартиру: дорогое стекло рюмок и бокалов позванивало на полках.

— Тётя Катя, у вас есть во что заворачивать селёдку?

— Ты ж просил меня жаркое сделать.

Арсеньев отодрал от «Засеки» лист и широким жестом протянул тёте Кате. Она спокойно смотрела на него. Она привыкла к его выходкам.

– Тётя Катя! – Арсеньев изо всех сил старался придать голосу торжественную звучность. – Только что, минуту назад, я сделал открытие. Не скажу: великое, однако немаловажное для отечественной науки об истоках русского национального духа. Профессор Кочетков всю жизнь носился с этой вот рукописью, тётя Катя! Вещей книгой называл! А она – липа! Подделка! Прохвостом Сулукадзе изготовлена. Известным в нашей науке прохвостом Сулукадзе, он же Селакадзев, Солокаций, Сухулакаций, Селаказий, короче: фальсификатор древних рукописей, одно время водивший за нос самого академика Востокова, титулярный советник Александр Иванович Сулукадзе...

– Иванович, а сам грузин, небось.

– Тётя Катя, вы сейчас должны молчать! Бодлер – а может, не Бодлер! – всегда читал новые стихи своей кухарке. Нам, гениям, всё равно кому читать новые стихи! Стойте же молча и внимайте! Великая минута!

Он отшваркал от рукописи ещё пяток страниц и протянул тёте Кате.

– И ни слова про грузин!

– Так ты на Центральный рынок сходи, сам увидишь, что вытворяют. – У неё был уклончивый взгляд.

– Тётя Катя! – взмахнул рукописью Арсеньев. – Я запрещаю вам перебивать меня! Запомните, грузины ни при чём! Профессору Кочеткову поручили – кстати, за немалую мзду! – заведовать важной отраслью национальной мысли. Он же! Он говорил: этому нет цены. Дарю вам! Целиком! Читайте на досуге. Не бойтесь, вы поймёте. Ибо он, тётя Катя, понимал в науке не больше вашего.

Тётя Катя поджимала губы.

– Ну!

Она отступала.

– Да не впутывай ты меня, милок, в ваши дела! – сказала она сердито. – Табличку свинтил – я сколько пережила? Теперь над бумажками его глумишься? – она заплакала.

– Ничего не понимаю...

– Я всегда знала – вы люди негарантийные! От вас так и жди! Такое сотворите – похуже, чем на Центральном рынке!

– Почему негарантийные, тётя Катя?

– А потому! Образованные! – она перестала плакать и со злостью вытирала слёзы со своего громадного лица. – И сами друг с другом считайтесь, нас не впутывайте! Нас ваши бумаги не касаются. А мы на всё молчком смотрим.

– Так уж и молчком, – усмехнулся он. – Чуть что не так – вы меня воспитывать.

– С тобой и нельзя иначе, Алик. Тебя Господь учёностью сподобил, а нас, тёмных, – хитростью, – простодушно сознавалась она, глядя ему в глаза. – Тебя наперёд шпынять надо, на всякий случай. А то ведь табличку свинтил, книжку на селёдку расшваркал, дальше дитя, сироту, в приют сдашь – а мне молчать? Пока до того домолчусь, что от ворот поворот старухе прикажешь как ненужной?

– Та-ак, – протянул он, – выходит, вы мальчишку из корысти защищали?

– А что ты меня нализируешь? – вспылила она.

– Я думал: золото народной души, а дело, выходит, проще? Так что будем с согласия вашей совести-то делать? Сдадим мальчишку на требуху? Или посовестимся?

Она насупилась.

– Ну, вы и лесок, тётя Катя! Муромский – ой-ой-ой!

– Муромский, – просто согласилась она. – Да вы в том леске грибки собираете.

– Какие ещё грибки? И кто это – мы?

– Всё б тебе нализировать. Ты сперва пенсию мою проанализируй.

Она зло смотрела исподлобья.

Он задумался.

– А точно доказал, что липовая? – она быстро взглянула на него и вдруг предложила: – А то давай пока сюда. Горячка пройдёт, выяснится, что рано изорвал, – не оберёшься по службе хлопот.

– Нет уж, – отвёл он её руку от растерзанной «Засеки», – пусть у меня полежит. Заложницей. Трофеем после долгой войны. – Он невесело улыбнулся.

Она уставилась в пол.

– Пойду я, Алик. А то жаркое подгорит...

– Да уж идите.

– Пойду... – она не двигалась с места.

– Подгорит, тётя Катя.

– Да постой! Прямо в спину выталкивает! Спросить хочу. Для определённости. Мальчика точно решил сдавать?

– Эх, тётя Катя, – усмехнулся он, – такую минуту испортили! У Бодлера кухарка была куда лучше.

– Смотря с какой стороны нализировать. – Она не дождалась от него определённого ответа и сказала: – Эх, Алик! И венок Ивану Фёдоровичу заказал, а всё равно туда же... Пойду за жарким тебе глядеть, Алик...

– Тётя Катя! – окликнул он её, вспомнив что-то, и рассмеялся. – Мыло вам какое дарить? Может, жидкое?

– Мыло?

– Ну, верёвку ж полагается намыливать. Или вы стреляться? Так у меня старинный дуэльный пистолет есть, прекрасное оружие, одно плохо: пулю не сразу подберёшь.

Она выслушала, спокойно глядя на него.

– Вот что я тебе скажу на твои насмешки, Алик. Нехорошо требовать от старухи того, на что сам не способен. А там – как хочешь, хоть сдавай, хоть нет.

...Он стоял, прижимая к груди «Засеку» – поддельную рукопись, никому, кроме него, не нужную, – и слушал, как шаги тёти Кати отдаются звоном бокалов на полках.

Он решил проверить всё ещё раз. Запихнул растерзанную «Засеку» в дипломат и бросился к машине. «Бьюик» вынесся из-под помпезной арки, порыскал радиатором, пытаясь втиснуться в резервную полосу, но реанимационная помешала. Арсеньев закурил и повёл машину тише. Через двадцать минут он был на Бескудниковском бульваре. Вот он поднимается по лестнице в доме, возведённом в Черёмушкинскую эпоху.

«Ласкин Н.Н. Хранитель древних рукописей», — Арсеньев с улыбкой посмотрел на самодельную, взятую под плохо отшлифованный плексиглас табличку, сказал: «Ишь ты!» (табличка всякий раз смешила его) и принялся нетерпеливо нажимать звонок.

— Ой, что такое? Что случилось? Ой! — раздалось из-за двери так отчётливо, будто никакой двери тут и не было.

— Николай Натанович, если вы узнаете, что привело меня к вам! — говорил Арсеньев, вдвигаясь в переднюю, выполненную разве что в планировочном намёке, и заставляя вжиматься в стену Николая Натановича, сверкающего бритой головой толстячка. — Кстати, у вас найдётся что выпить?

— Валокордин, Александр Григорьевич, но боюсь, что вас это не...

— Да, меня это не! Посмотрите! Узнаёте сокровище?

Арсеньев раскрыл чемодан, приглашая Николая Натановича взглянуть.

— Но это же!.. Ой! А что с ней случилось?

— Как хорошо вы произносите это «ой!». Как я люблю людей, сумевших сохранить акцент моего родного города, несмотря на все превратности судьбы!

Арсеньев привлёк к себе Николая Натановича и троекратно поцеловал.

— Ой!

«Засека» была в трясущихся руках Николая Натановича.

— Кто её порвал на такие шматки? Ой! Я так хочу понять, но я так ничего не понимаю!

Арсеньев подмигнул Николаю Натановичу и с треском —

отрепетированным с утра движением – оторвал от «Засеки» лист.

– Ой!.. Или у вас ксерокопия?

– У вас есть кошка?

– У меня есть чижик, при чём тут кошки?

– Чиж? За это я бы вас ещё раз поцеловал, но вы и так смотрите на меня как на сумасшедшего. У меня, в моём детстве... у меня тоже был как-то чиж. Я выпросил у матери 70 рублей, стоимость буханки хлеба в сорок седьмом. Я нёс моего чижа с рынка в наволочке. На клетку денег не было... кстати, именно с тех времён у меня убеждение, что клетки стоят значительно дороже, чем те, для кого они предназначены. Ну вот. Я решил поселить его до лучших времён в старой наволочке. Я выдёргивал каждую десятую нитку – каторжная работа. А он, неблагодарный, задохнулся, пока я его нёс, он не захотел дожидаться своего счастья, когда ему купят клетку. Что с вами, Николай Натанович?

– Что вы делаете?

– Этот бесценный лист подстелите под вашего чижика.

– Дайте сюда! Ой!..

Николай Натанович уставился на инвентарный номер хранилища древних рукописей.

– Я думал, вы так шутите, а это фонд профессора Кочеткова. Ой!..

Арсеньев коротко взглянул на него и нахмурился.

– Я приехал за вторым списком «Засеки».

Николай Натанович отшатнулся.

– Липа! Сулукадзе! Теперь понимаете? А эта самовлюблённая, эта типичная бездарь от науки!..

– Вы... извините, я в таком виде! Я пойду оденусь!

– Да постойте! Сулукадзе! Разве вам это ничего не говорит? Только что я сверил текст этой подделки с небезызвестными вам страницами «Отповеди», сфабрикованной тем же Сулукадзе и всученной им валаамским монахам за тридцать тысяч сребреников, конечно, в ассигнациях...

– Я это знаю.

– Что знаете? Про «Отповедь»? Это, слава Богу, все давно знают.

– И про «Засеку» я... всегда знал...

– Как это – знали?!!

– Я... ой, ну я догадывался!

– Вы догадывались про «Засеку»?!

Николай Натанович отступал в переднюю – больше отступать было некуда.

– Вы догадывались про «Засеку»? И столько лет молчали?

– Я... Александр Григорьевич, давайте как-то присядем на стулья.

– Давайте как-то присядем на стулья.

– Я храню. Я храню то, что мне дают хранить... Ой, ну что вы на меня так... кричите? Я храню. Что вам не нравится?

– Так... Вы сейчас ничем не заняты? Это от силы полчаса, я на машине.

– Никуда я с вами не поеду! – Николай Натанович вскочил со стула.

– Почему это вы не поедете?

– Почему... Александр Григорьевич, сегодня выходной!

– В науке нет выходных.

– Ой!.. тогда зачем вам эта спешка? Сегодня праздник...

– Какой сегодня праздник?

– День этого... шахтёра...

Арсеньев улыбнулся и встал со стула.

– Вы должны меня понять. Я не успокоюсь, пока не сверю со вторым списком.

– Но у меня нет ключей...

– У вас есть ключи, вы обязаны мне показать. В конце концов от этого зависит моя жизнь в науке. Одевайтесь.

– Я одет. Вы опять будете рвать в клочки и на шматки?

– Как вы сказали? В клочки и на шматки? – Арсеньев взял его за руку и повёл за собой.

– У меня не укладывается в голове, – повернулся Арсеньев к Николаю Натановичу, когда они сидели в машине. – Пусть вы не знали, пусть только догадывались, – и вы молчали?

Николай Натанович обиделся.

– Знаете, что я вам скажу, Алик? Ничего, что я вас так называю? Ой, ничего я вам не буду говорить.

– Почему, Николай Натанович?

– Почему! Вы пока молодой человек, и вам пока хорошо!

– Николай Натанович, но ведь и вы когда-то были молодым человеком, в каком-нибудь сорок седьмом. Или вы уже тогда были пожилым человеком?

Они стояли на светофоре, и Арсеньеву было удобно разглядывать Николая Натановича.

– Да, Николай Натанович, раз уж мы с вами коснулись крыла откровенности – острого, как бритва, крыла, – скажите, а почему вы...

– Алик, уже давно можно ехать, а мы стоим.

– Я решил везти вас только на красный свет. Так почему вы не защитили за всю жизнь хотя бы кандидатской? О вашем знании древностей в институте легенды ходят.

Николай Натанович смотрел в окно и молчал.

– Говорят даже, что без вашего прямого участия наша почтенная наука недосчиталась бы минимум дюжины кандидатов.

– Алик... Ничего, что я вас так называю?

– Вы уже спрашивали. Ничего.

– Алик, я знаю один анекдот. Старый еврей пришёл к раввину жаловаться на сына-выкреста. Не слыхали?

– Нет, – вполглаза следя за дорогой, ответил Арсеньев.

– Только вы меня не переверните. А раввин ему говорит: как я могу повлиять на твоего сына, если мой тоже перешёл в их веру? Ну, посоветуйся с нашим Богом, – подсказывает старый еврей. С Богом? – усмехнулся раввин. Что с ним советоваться, если и у него та же проблема.

Николай Натанович опять смотрел в окно.

— В сорок седьмом, когда я был молодым, как вы правильно заметили, Алик, мне лучше было не соваться в эти дела. А потом я стал пожилым.

— Как? Сразу?

— Вам не стыдно, Алик? Сейчас легко говорить...

— Да... Всё перепуталось, и сладко повторять: Россия, Лета, Лорелея...

Они прошли мимо вахтёра. Арсеньев даже не кивнул, а Николай Натанович остановился и долго тряс вахтёру руку.

Вот они в хранилище.

— Вы уже убедились? — беспокоился Николай Натанович, спеша отнять у Арсеньева список, поданный какую-то минуту назад. — Всё же сходится — вы не видите?

— Вижу... А знаете, — Арсеньев стукнул кулаком по столу, — я ведь показательный суд устрою над некоторыми дутыми авторитетами! Да, кстати: завтра торжественное заседание кафедры! Сорокалетие научной деятельности профессора Кочеткова! Покажу я им научную деятельность!

По глазам Николая Натановича можно было понять, что он не поддерживает идею Арсеньева.

— Я вас не понимаю! Разве вам самому — по-человечески, Николай Натанович, — не хочется сквитаться кое с кем?

— Ой, Алик!

— Но почему?

— Ой, Алик! Во-первых, профессор Кочетков мог ошибаться со своей «Засекой» — что, в науке уже запретили ошибаться?

— А во-вторых?

— Алик, вы обещали отвезти меня домой.

— Конечно, отвезу... Так что во-вторых?

— Такой умный молодой человек, а задаёт столько вопросов! Очень просто, Алик. Люди не любят разоблачений.

— Не любят?..

— Не любят. И везите уже меня домой.

У выхода пантомима повторилась: Николай Натанович долго тряс вахтёру руку и обменивался с ним улыбками, а Арсеньев со скучным лицом топтался в двух шагах.

— Но ведь разоблачения нужны, Николай Натанович! Они очищают воздух в науке!

— Я сейчас поеду общественным транспортом. Очищают. Но при том вносят беспокойство.

Весь обратный путь оба молчали.

— Я вам, вместо вашей самодельной, из антикварного магазина табличку подарю, — усмехнулся Арсеньев, когда Николай Натанович выходил из машины.

— Буду рад подарку. У меня есть чем отдарить.

— Чем же именно?

— Книжкой Корнея Чуковского. «От двух до пяти».

Было около десяти вечера. Тёти Кати не было. Сын профессора спал. «Баба» не ухала. Было томительно тихо.

Он открыл книжку с телефонами, взял карандаш и, пробегая глазами страницу за страницей, принялся ставить против фамилий галочки. Пересчитал: набралось девять. Хмыкнул разочарованно: думал, будет больше. Достал из бара пять бутылок шампанского, десять бокалов и зажёг свечи.

Закурил, взял телефон на колени и набрал номер против первой галочки.

— Юра? Это я. Звоню, чтоб поделиться радостью! Ты помнишь его «Засеку»? Помнишь, что я тебе тогда говорил? так вот: подтвердилось! И я приглашаю тебя ко мне, чтобы в торжественной... Что? Не понял, Юра! Юра, на какой-то час! Максимум на полтора!

Арсеньев слушал голос в трубке, и лицо его мрачнело.

— Пока. Я не обижаюсь, — сказал он, положил трубку, стряхнул пепел и набрал ещё один номер.

— Серёжа, ты? Я сегодня «Засеку» уничтожил! Как и обе-

щал, да! Что-что? Спасибо, тронут. Спасибо, спасибо, прибе-
реги для встречи. Старик, так я жду. Что? Купать? А-а... Ну так
сколько же её купать? Положите – и сразу ко мне. С Мариной.
Ну, без Марины, если не с кем оставить! Серёж!..

Он закрыл глаза: тягостно ему было слушать оправдываю-
щийся голос друга. «Понимаешь, Алик... не обижайся...»

– Привет. – Арсеньев нажал на рычаг и изо всех сил крутнул диск. – Коля? Папу или маму, Коля. А... где они? А? Нет,
ничего не надо. До свидания, Коля...

Он придвинул к себе книжку с телефонами, полистал, зачеркнул одну галочку, ещё одну. Крутнул диск.

– Алло! Добрый вечер! Федю, Фёдора Степановича, будьте
добры! Ой, я тебя не узнал! Старикан, а я добрался до «Засеки»!
Взял её за жабры! Ты знаешь, как у нас на Привозе выбирают
рыбу в шесть утра? Нюхают жабры! И сразу ясно, первый улов
или – вчерашняя! Что? Как это – где? У нас в Одессе! А где ещё
есть Привоз? Федя, короче! Руки в ноги и ко мне! Что? Да пой-
ми ты!.. Что-о? Господи, что за вздор? – Арсеньев убрал трубку
от уха, скосил на неё глаза, снова прижал. Слушал – и желваки
заходили по щекам. – Федя, да помолчи ты, фу-у! Да не боюсь я
никого из них! Да плевать! Фу-у! Но это же очищение! Вспом-
ни, как мы его ждали! Что? Мы с тобой, кто же ещё! Что-что?
Негодяй!

Арсеньев швырнул трубку.

– Вот так негодяй...

...Он перестал звонить в половине двенадцатого. Встал.
Прошёлся вокруг стола. Снял со свечи нагар. Открыл бутылку
и налил, окатив струёй скатерть. Выпил, налил, снова выпил.
Опрокинул горлышко в бокал, выливая остатки. Полного бо-
кала не получилось, и он открыл вторую бутылку. Морщась,
маленькими глотками вливал в себя шампанское. Посидел,
глядя на свечи. Набрал номер.

– Инна, это я... Я не слышу! Почему ты говоришь шёпотом?
Ну и что? Инна, поздравь меня, я сделал открытие! «Засека»,

Инна! Мог ли я допустить, что всё так просто! Не пьян! Нисколько! Да не шепчи – я не слышу! А я и не кричу! А если даже и кричу! Что? Разбудил? Ты никогда так рано не ложишься! Что? Собирались? Не понял! А, лечь вы собирались? Понял... Господи, мне и в голову как-то... Извини, родная! Ну, не буду вам мешать... Слушай, ты ему всё объясни! И скажи: я прошу у него прощения! Скажи, я сегодня совершил открытие, я осуществил долгожданный переворот в нау... Почему на одной ноге? Так стань на другую! Босая? Как босая? А-а... Инна, милая, прости меня... Ну, целую...

Гудки. Он долго слушал гудки. Улыбка тронула его губы, взгляд смягчился. Он улыбнулся трубке, послал ей воздушный поцелуй, погладил её и только после этого положил на рычаг. Гудки оборвались, он вздохнул.

Подошёл к бару, налил в стакан водки, выпил. Окинул взглядом стол: две опорожнённые бутылки, три закупоренные. Непослушной рукой открутил проволочку на одной бутылке, на другой, на третьей. Они медленно выползали из горлышек.

– Первая! Вторая! Третья! – назначил он, целясь пальцем.

Пробки выстрелили почти одновременно. Пена залила скатерть.

Арсеньев одобрительно кивнул бутылкам. Вдруг вскочил, залистал телефонную книгу. Нет, нужного номера не было. Он подумал и набрал «09».

– Справочная? Василевский, квартира Василевского Игоря Владимировича! Где-то в Филях – забыл, какая там улица! Что? Может, и нет телефона. Вроде был... Тогда вот что! Вас как зовут, девушка? Вовсе я не пристаю! А если чуточку и пьян, так это вовсе не от вина, а потому что я сделал открытие! Не понимаете? Открытие! В науке! Я учёный! Между прочим, Галя, вы напрасно смеётесь, я известный в стране учёный. Нет, смеётесь! Ну хорошо, не смеётесь! Вы когда работу заканчиваете? Да Боже, что с вами? Я хочу отметить торжественное событие, а тут, как назло... Галя, с мужем приедете! С мужем, говорю! С вашим мужем! Нет мужа? Ну, тогда с подругами! Я сейчас за вами заеду. Как это не знаю? Прекрасно знаю – на Калининском! Точно? Вот видите! Ну, договорились? И устроим пир на весь мир! Эх вы! Да я милиционера с собой привезу, раз вы так! Где возьму? Ну, дружинника! Я сам дружинник, Галя! И вы тоже? Видите, сколько у нас общего! Что-что? Ну что же здесь странного, Галя? Человек хочет поделиться радостью, а тут, понимаете... Непривычно? А почему непривычно? Всё-таки подумайте, Галя... Ну зачем же вы надо мной смеётесь? Не вы? Они? Так зачем же вы даёте им подслушивать?! Галя, давайте оставим препирательства, и через полчаса вы у меня. С подругами. Нет подруг? А кто же это смеялся? Не понимаю... А, в этом смысле нет... Ну, тогда... Да нет же, Галя! Всё в жизни хорошо! Лягу! Посплю! Обещаю! Диктую: улица Горького... Не переверну я машину! Ну хорошо: сами! Улица Горького, дом номер...

Он продиктовал адрес, встал, нетвёрдыми шагами пошёл вокруг стола, наводя на нём порядок. Посмотрел на часы. Составил под стол пустые бутылки, сменил скатерть, снова расставил бутылки – те, выстрелившие. Поправил коптящую свечу и уселся ждать.

...Его разбудил телефонный звонок. Он огляделся вокруг, с трудом приходя в себя.

– Да. Что? Вас очень плохо слышно! Откуда? Из Ярославля? Почему из Ярославля? Поздравить меня с открытием? А как вы об этом узнали? Почему спрашиваю? Об этом ещё никто не знает! Что? В газетах? Позавчера? Не понял! А куда вы звоните? Нет, это не его квартира...

Он положил трубку, долго на неё смотрел, потом сказал:

– Кто б мог подумать! Впрочем, что удивительного? Яблочный дождь прошёл по стране... Дурацкое совпадение... Впрочем – вздор... Почему издевательство? Спасибо! Спасибо, что позвонили. Спасибо, что не забыли поздравить...

Последние слова он произнёс в трубку.

— Алло, Ярославль, поговорили с Москвой?

— А? Да-да. Спасибо.

Бросил трубку, оглядел стол, задул свечи и пошёл спать.

Приснилась ему мать. Соседка, «мадам Мила», пришла поставить больной матери банки. Горела смоченная одеколоном вата, банки мутнели и с чмоканьем присасывались к спине матери. Вот они бугрятся, накрытые простынёй.

— Мадам Катя, если ви выпишите его ис площади, вам жи не надо будет платить за воду, — вкрадчивым голосом говорит соседка, тиская себе одной рукой колено, а другой грудь.

— Вы... мине... намекаете? — мать поворачивается под простынёй, и банки, сталкиваясь, звенят.

— Шо такое я вам опять сказала?! — возмущается «мадам Мила», за плечи прижимая мать к кровати. — А эсли даже он не в Нахимовском училище, потому — сколько можно в нём учиться?!

— Вы... мине... опять... намекаете?

Мать тяжело поднимается, банки, отваливаясь от густо-бордовых кружков, катятся по кровати и падают на пол. «Мадам Мила» отскакивает к двери.

— Шо такое, если я говорю то, шо все давно знают?!

Мать хватает банку и швыряет её в ненавистную подругу. Банка попадает в стену и рассыпается на мелкие осколки. Голая мать обращает внимание на то, что он рядом, и прикрывает грудь. Он привычно вбирает голову в плечи, но подзатыльник всё равно настигает его.

А нахальная «мадам Мила» торчит на пороге! Мать подхватывает простыню, заворачивается в неё как в тогу и идёт на соседку: на каждую реплику шаг смертельно раненного гладиатора:

— А вот назло вам в Нахимовском!.. И кончил с отличием!.. И с вручением именного кортика!..

Мать сейчас уничтожит эту тварь!

— А я так-таки думала: финки! — злобно выкрикивает «мадам Мила» и прыгает за порог, в сумерки.

Мать обводит глазами голые стены взглядом добиваемого гладиатора. Фигура «мадам Милы» заслоняет сумеречное небо.

— А вот назло вам всем... — бормочет мать, опускаясь без сил на ступеньку крыльца. — А после окончания... мой сын... на дальних рубежах границ...

— Ви ещё мине скажите: по особому поручению и заданию! — распугивает притаившуюся тишину двора скандальный голос «мадам Милы».

— И скажу! — мать стонет, мать достанывает, и он закрывает глаза, — что он!.. мой старший сын!.. защищает!.. честь и независимость... нашей...

— ...Отчизны! Отчизны! Отчизны! — звенящий голос младшего сына сменяет агонизирующий голос матери, не позволяя семейному преданию умереть. Мальчик уже колотит «мадам Милу»! По мягкому пузу! По грудям! По жирному подбородку!

— Ой, ты тоже кончишь как Пушкин! — пятясь, шипит «мадам Мила». А он, не успев постичь во всей полноте это ликующее чувство — чувство его первой победы над врагом, — он, сражённый её шипением, садится рядом с матерью на ступеньку крыльца. Под ним что-то твёрдое. Это банка, выкатившаяся на порог его безотчего дома. Он берёт банку в руки, долго её рассматривает, встаёт и возвращается в дом.

Потом он будет подносить к банкам смоченный одеколоном клок ваты и неумелыми движениями, обжигая пальцы, прикладывать банки к спине матери. И спина будет содрогаться от беззвучных рыданий.

...Арсеньев открыл во сне глаза, посмотрел вокруг, но ничего кроме темноты не увидел. Тогда он снова закрыл глаза. И опять увидел огоньки. Они были того же цвета, что и прежние, но это был уже другой сон. В этом сне он стоял в толпе десятиклассников у памятника дюку де Ришелье, на верхней площадке знаменитой после «Броненосца Потёмкина» лестницы, и держал, как все вокруг, огонёк, спрятанный от ветра в кулёк из влажной газеты. Это был хороший сон: он слышал свой собственный голос, и ему было приятно, что голос так непривычно спокоен. Кто-то голосом Арсеньева объяснял непосвящённым зрителям его сновидения смысл подброшенной памятью картинки:

— Был такой обычай, — говорил во сне Арсеньев кому-то, — приходить к дюку. Видите, это дюк де Ришелье, он основатель Одессы, а мы, десятиклассники, приходили к нему, потому что считалось, что здесь можно узнать темы сочинений на выпускном экзамене, и мы все волновались, но и дурачились тоже, конечно, а когда дурачились, задували огоньки, и у кого не задуют, тот напишет сочинение на пятёрку и потом обязательно поступит в институт. Ходили все, в том числе и те, кто ни в какой институт не собирался. Потому что... ну вы же понимаете: девчонки, оживление... А я с Витой пришёл, и Вита тогда была совсем другой, и я очень старался, чтобы никто не задул мой огонёк и, конечно, её. А ей было очень приятно — то, что я так стараюсь. А потом, утром, всё было не так красиво, потому что вокруг дюка по всей площади валялись обгоревшие клочья газет... А на юбилее Кочеткова, который, кстати, не завтра, а уже сегодня, я присутствовать не буду. И ничего им не скажу. Зачем уже всё это? А может быть... я ведь, к сожалению, неуправляем... но что я хотел сказать? Надо же вам объяснить, а то у вас, возможно, не было такого обычая... Интересно, что городские власти... но я хотел сказать что-то про юбилей... Я непоследователен, импульсивен, и всё может случиться... Выйти на трибуну и всыпать по первое число всей школе профессора Кочеткова... но городские власти сквозь пальцы смотрели на этот обычай, и утром площадь выглядела очень неопрятно...

IV. Тётя Катя. То есть молоко из некормящей груди. То есть сублимирование и амбивалентность

...Разбудила тётя Катя.

— Одиннадцать часов, Алик.

— Ну и что?

— А ты просил в одиннадцать, — солгала она.

— Просил?

— Ага.

Он закурил. Она не уходила.

— Алик, тут люди к тебе.

— Какие люди?

— Депутация. С поздравлением, с просьбой.

— Какая ещё... с просьбой?..

— Старички наши. Жэковцы. В составе Кирилла Фёдоровича Лаврушинского.

Кто-то кашлянул в кухне. Осторожно, в кулак.

«Порск... порск-порск... порск...»

— Они, — улыбнулась, кивнув в сторону кухни, тётя Катя. — Деликатные. Поздравить тебя пришли.

— Меня-а? С чем поздравить?

— С наукой твоей, Алик. Которую ты вчера на селёдку порвал.

— Да? А... зачем?

— Эх ты! И ты такой же! Как тот, кого он мордой на синюю фототарелку заказал...

— Тётя Катя, перестаньте говорить загадками.

— Невежа ты, Алик. Люди пришли тебя поздравить — чтоб

не один спивался, как вчера. Заходила в двенадцать Вовика проведать, видела. Красив был. Ну, к тебе вести или сам выйдешь?

Она подала ему брюки. Он оделся и, ничего не понимая, пошёл за ней. В кухне сидели три старичка. Сидели, молчали. И прятали глаза от тёти Кати.

— Вон каких орлов понавела! Не ханыг с подворотни!

Один из старичков опять покашлял в кулак.

— Бодрей, орлы! – взмахнула ручищей тётя Катя. – А ты что ж это без орденских планок явился? На торжество пришёл!

Тётя Катя, сделав выговор одному из своих товарищей, обвела и других строгим взглядом.

— Тётя Катя, – Арсеньев преодолел смущение, – а почему у нас на столе пусто?

— Вот и молодец, Алик, – похвалила она. – Сразу б так!

Половица перед холодильником застонала.

— А вы перезнакомьтесь пока, – говорила она, выставляя тарелки со снедью. – Между прочим, почётные прошлым люди!

— Лаврушинский Кирилл Фёдорович, – приподнялся один из старичков. Арсеньев растерянно улыбнулся.

— А... в прошлом, прошу прощения?

— Он в прошлом – ты, Алик, даже не подумаешь! Истребитель ихних танков!

— Ну, так давно это было, – засмущался Кирилл Фёдорович.

— Вас не обидела такая постановка: в прошлом? – спросил Арсеньев. – Людям интересно только наше прошлое. Будущее, увы, никому не интересно, разве что нам самим, да и то... Но вот что мы будем пить? Шампанское, думаю, к такому случаю? О, извините...

Он вспомнил, что его шампанское давно выдохлось, и покраснел.

— А у тебя, Алик, коньячочек есть, – напомнила тётя Катя. Он улыбнулся ей с благодарностью: выручила.

– Чего сидите? Знакомьтесь! У меня уже вон – порядок!

Старик, сидевший рядом с Лаврушинским, приподнялся. Кисть правой руки у него, увидел Арсеньев, была искалечена.

– Печерников Сергей Викторович. Человек редкой профессии – почтальон.

– Почему – редкой? – удивился Арсеньев.

– Потому что за эти деньги никто работать не хочет, – лукаво улыбнулся Сергей Викторович. – Так моя жена-покойница шутила.

Арсеньев подошёл и подал руку.

– А я человек не столь редкой профессии. Актёр. Игорь Незыбкович. Игорь Олегович.

Арсеньев подал руку Игорю Олеговичу.

У ног Игоря Олеговича почему-то стоял аквариум с зеленоватой водой.

– Я прошу прощения, но... вы в самом деле пришли, чтобы меня поздравить?

– А то ж зачем? Не митусись, голуба, раньше времени, – ворчала тётя Катя, сбрасывая локти Арсеньева со стола, чтобы освободить место для ещё одного блюда.

– Может, в гостиную? Правда, там не убрано...

– От цыганска суета сует! – цыкнула тётя Катя и фартуком промокнула разгорячённые щёки. – И наливал бы людям!

Арсеньев чуть не опрокинул бутылку.

Здорово потеснив Арсеньева, за стол уселась тётя Катя.

– Ну вот.

«Порск... порск-порск... порск...»

– Ну, братцы-новобранцы!

Подняли рюмки.

«...порск... порск-порск...»

– Я не мастер говорить. Ведь я привык с чужих слов, – улыбнулся Арсеньеву Игорь Олегович. – Я с удовольствием и надеждой пью за ваши успехи. Пью за них с верой и...

Лицо его сделалось вдруг напряжённым.

– Да ты говори-говори! Понукать надо? И про «Всё остаётся людям», и про то, о чём сегодня говорили – ну!

– Спешишь ты как-то, Катерина Ивановна, – сказал почтальон и потупился.

«...порск-порск... порск...»

– Мы очень рады за вас, – проговорил в напряжённой тишине почтальон Сергей Викторович. Тётя Катя толкала его под столом коленом. – Нам Катерина Ивановна много о вас говорила.

– Причём всегда – одно только хорошее! – сочла нужным уточнить тётя Катя.

Чокнулись, выпили. Тётя Катя сразу же налила по второй. И опять толкнула под столом кого-то коленом. А, теперь истребителя танков, Кирилла Фёдоровича.

«...порск... порск-порск... порск...»

Выпили.

– И закусывайте! Чтоб всё путём! Не ханыги с подворотни! Выпили – да разбежались! Нам есть о чём вспомнить!

Опять целилась коленом... что такое? Кирилл Фёдорович заёрзал, отодвинулся, толкнул ногой аквариум, и выплеснулась зелёная вода.

– Люди, Алик, на вес золота! А то б не привела!

Все улыбнулись. Арсеньев наполнил рюмки.

– Мне врачи... – слабо запротестовал Кирилл Фёдорович.

– Помалкивай! Такому орлу – и врачи!.. Ну, ребята!

Чокнулись.

– Я тронут. Спасибо! Господи, до чего же человеку мало надо!..

– Пол-литра – мало? – усмехнулась тётя Катя, и все засмеялись.

– Да ну вас! Дайте, я вас лучше обниму! – Арсеньев поцеловал тётю Катю в залитый потом лоб. – Я... я смущён...

– А ты не смущайся. Пусть те смущаются, которые совесть потеряли. – Тётя Катя подмигивала своим друзьям, она

по очереди делала каждому из них какие-то знаки. А они от-
водили глаза.

— Я прошу прощения... у вас случайно не найдётся немного
«Петровской водки»? — Игорь Олегович помялся и добавил: —
Сегодня хотелось бы именно «Петровской».

— Боже мой, кто же знал, что вы любите «Петровскую», —
расстроился Арсеньев.

— На позицию девушка провожала бойца, — запела тётя
Катя. И смахнула слезу: — Где теперь та девушка?

Арсеньев ещё раз поцеловал её мокрый лоб.

— Смотри мне, Алик! — погрозила она.

«...порск... порск-порск... порск...»

— Мальчишечка наш! Сирота наш бесприютный! Вовик!

Истребитель Кирилл Фёдорович посмотрел на тётю Катю
с испугом.

— Ну, чего в рот воды набрали? Ну-ка, Игорь, как ты мне
тогда говорил? И что всё остаётся людям, и как мы жили, как
мучились! Но при этом, Алик, — она грузно повернулась к Арсеньеву, потеснила его, — себя не упускали! Потому что стыд
имели перед людьми! Ну, чего примолкли? Рассказывайте —
Алику моему интересно будет послушать!

Она опять пнула коленом одного из гостей.

— Тётя Катя, так вы нам стол опрокинете. Что это с вами
сегодня?

— Да ну тебя совсем, Алик! Таракана давлю...

— Какого таракана? Сроду их в доме не было.

— Мало чего не было... Занесли...

Она встала, двинулась к холодильнику — за новой бутылкой.
По дороге споткнулась об аквариум. Опять выплеснулась вода.

— Прямо с аквариумом его во дворе захватила. В сквер ходил
рыбца своего хоронить, вижу — он обратно, я его и завернула!

Игорь Олегович опустил голову. Арсеньев с недоумением
смотрел на тётю Катю: какой сквер, какого рыбца?

– Ну, по полрюмки – да давайте, развязывайте языки! – Она опять всем налила.

Старички напряжённо смотрели – каждый в свою тарелку.

– Мне больше нельзя, – сказал Кирилл Фёдорович.

– Нельзя! Да ты и не пил – не видела я, что ли? Мы с Аликом вдвоём и истребили. Истребитель танков. Эх ты!

Все переглянулись: что это с ней?

– Вам бы только по товарищеским судам старых старух засуживать!

«...порск-порск... порск...»

– Эх!.. Феликсом, говоришь, звали? – теперь она приставала к Игорю Незыбковичу, актёру. – Говорил: его пожгут на пепел, а он всё равно встанет?..

Она опрокинула рюмку в рот и с презрением оглядела присутствующих.

– А ты не горюй по рыбцу, Игорёк, все перекинемся. Эх ты, «всё остаётся людям». Людям – да каким?! Говорят, жизнь – она справедливая! Как же! Из всех справедливостей одна и есть на белом свете – смерть. Всех равняет. Вон ты сколько раз своё «Всё остаётся людям» играл? Тыщу? Две?

– Я пойду, – встал актёр Незыбкович.

– Сиди! Я тебе пойду! Вот ты послушай, Алик! – повернулась она к Арсеньеву. – Вот он двоих своих племянников-сирот в люди вывел. Мастерами по цветным телевизорам сделал. Работа не пыльная: один уже машину купил, другой комнату в кооперативе «Лебедь». Игорёк им ещё и своих денег добавал. А они как с ним? Чего молчишь? Чай, твой собственный, велят экономить? Много, дядя, чаю пьёшь? Оттого и пенсии не хватает? Эх ты, дурак дураком! Он, Алик, ещё и портреты их на синих тарелках заказал! Над кроватью повесить. Я б их знаешь за что повесила?

– Но... Катерина Ивановна! – протестующе поднял руку почтальон, Сергей Викторович.

– Чего Катерина Ивановна? Шестьдесят восьмой год Катерина Ивановна! Они его до нитки обобрали – а он ихни морды на тарелки на синие?

Актёр, Игорь Незыбкович, опять поднялся.

– Горой лягу – не пущу! Сиди, слушай! Почему в детдом не отдал? Пожалел? А они тебя пожалели? Из-за них твой рыбец копыта и опрокинул!

– А что случилось с рыбой? – спросил Арсеньев.

– Понимаешь, Алик, забрала артиста неотложка. Игоря вот этого, ну! Племяннички день бородатых рыл не кажут, другой. Уже и неделя, вторая. А он – как чувствовал – перед инфарктом записку на видном месте заготовил. Так и так, мол, поменяйте рыбцу воду, под столом бутыль на три литра, а половину воды старой оставьте. А кормёжка рыбцу Феликсу в кульке за акварьмом. – Она повернулась к Игорю Олеговичу: – Думаешь, почему про рыбца не вспомнили? Думали: окочуришься, не выйдешь больше. Уже в ЖЭКе ссору устроили – квартиру неубитого медведя делили. Говорить только не хотела! – Она опять повернулась к Арсеньеву: – А когда тот, с рыжей бородищей, старший, кооператива «Лебедь» дожидался и со своей стервой у Игоря жил? Привёл Игорь – ну, он артист! – собачонку с улицы. У магазина бегала, пьянь её ногами пинала. И что? Взяла эта стерва, племянникова жена, они в разводе уже, не ими нажитое делят! – взяла собачонку в кошёлку и отнесла куда-то. А он – Игорь – в санатории с сердцем находился. Прибегла обратно собачонка, сидела-сидела под дверями, аж пока машина через неё не переехала. А теперь – когда же? Вчера? – пришли и говорят: чаю меньше употребляй в пищу. Учил, кормил, одевал-обувал на своё артистское жалованье, в детдом не сбагрил, Алик!

Она занялась приведением себя в порядок: долго сморкалась и вытирала слёзы.

«...порск... порск-порск... порск...»

Ах, вот зачем она их пригласила: воспитательный сеанс устроила. Чёрт-те что!

«...порск... порск...»

— А у рыбы вашей даже имя было? — нарушил неловкую паузу Арсеньев, — Феликс?

— Что вы? А, да... да-да... Феникс...

— Даже так? Феникс? Тогда... только вы поймите меня правильно!

Арсеньев достал из висящего на спинке стула пиджака десятку.

— Я не знаю, почём рыбы... хватит?

— Тут, милочек, десяточкой не отделаешься, — тётя Катя смотрела на Арсеньева сузившимися глазами. — Тут жизни прожитые, мой яхонтовый. А жизни, что они для вас прожили, вам под ножки соломкой постелили, — жизни не десятки вашей, они всей вашей совести стоят. Вас учат — а вы потом наш чай считаете? Думаешь, раз мы неучёные, так уже и дураки? А это видел?

Она поднесла к лицу Арсеньева кулак, забыв, впрочем, сложить пальцы так, как задумывалось.

Игорь Олегович, актёр, встал, взял аквариум. Тётя Катя вскочила, отбросила его в сторону — бульдозер!

— Не пущу!

— Вы извините, пожалуйста! — сказал Незыбкович Арсеньеву и вышел.

— «Всё остаётся людям», эх ты... — она помолчала, потом повернулась к Арсеньеву. В глазах у неё была мольба. Она уже не кричала, тихо-тихо говорила: — Алик, это что ж делается на свете? Ему от племянниковых благодарностей одни тарелки синие осталось заказать — а он ещё и пошёл Родиониху школить? Зачем в универсамах самообслуживания по укромным углам кинутая всеми старуха колбасу печеньем заедала? Суди своим товарищеским судом! Пусть всё остаётся людям! Отними у кинутой старухи — и отдай им всё! Алик, господи! А этот? Он же за кого тогда трижды ранен? Или этот? Восемь лет денёк в денёк в тех краях отбубухал ни за так, потом — сумку в зубы и за восемьдесят рублей в месяц – пошёл-пошёл! – за кого его лебилитировали, Алик?!

Каждый разминал свой участок скатерти.

Тётя Катя встала.

«...порск-порск... порск...»

– Эх, Алик, ты ещё не знаешь, что такое настоящие страдания! А теперь – увози мальчишку в интернат! Сдавай... для недоумков! Кому сказать – не поверят! На улицу запретил ребёнка выводить, во двор! Чтоб соседи забыли, что такой здесь есть! Его сдавай, меня гони, и пусть всё остаётся людям...

Она осмотрела всех ещё раз, долго-долго, взгляд спокойный был, не знала, что ещё сказать, – и вышла, поскользнувшись в луже, налившейся из аквариума.

«...порск... порск-порск...»

Он увидел, что они стоят, мнутся.

– Садитесь, я вас прошу... Неловко как-то получилось...

Они сели.

– Да-а... Жаль, выпить у нас нечего... Сходить?

– Мне нельзя больше...

– Я сегодня и так...

– Да-а...

«...порск... порск-порск...» – пульсирует звук. Вот-вот иссякнет, такая пульсация.

– Да-а...

Он разглядел их. Значит, один истребитель – этот, да, а другой – человек редкой профессии. Господи, все мы когда-то такими станем – что об этом думать?.. Да-а... Божьи одуванчики, подуй – и нету... Ему стало жаль их прожитые жизни. И умершего Феникса. И передавленную машиной собачонку. И траты на синие тарелки. На лекарства. На негодяев, получивших профессии телемастеров. Он жалел их отбубуханные в тех краях годы, их искалеченные руки и стариковский чай, который советуют экономить.

– А почему он о «Петровской» спрашивал?

– Видите ли, – прокашлялся почтальон, Сергей Викторович, – он нам как-то рассказывал, что однажды, это на гастролях было где-то, праздновали всем театром его юбилей. У них юбилей таким особым словом называется...

– Бенефис?

– Вот-вот! И пили на юбилее исключительно «Петровскую» – уж и не знаю, почему.

– Тут у нас осталось кое-что. Давайте, а? – Арсеньев разлил.

– Вы извините, но мне врач категорически... Знаете, я придумал: я символически! – истребитель, Кирилл Фёдорович, оживился: склеротические жилки на щеках чуть заметно порозовели и увлажнились выцветшие глаза.

Арсеньев выпил. Да, жаль... Да-а... Но ведь и так, как она, нельзя. По-медвежьи. Додуматься – устроить такой вот утренник! Вечер встреч с замечательными людьми! Так его перед ними выставить! Боится, что выгонит?

Вот же слониха безмозглая! Вот идиотка! Нет уж, хватит с него! Уйдут старики – он ей такое устроит!..

Арсеньев перестал смотреть в одну точку.

Гости – будто именно этого ждали – поднялись.

– Мы пойдём...

– Были очень рады...

– И столько дел...

– Дел! – закричала из соседней комнаты тётя Катя. – Кинутую детьми Родониху за две печенюшки школить!

– Вот крикуха-то! – воскликнул почтальон, Сергей Викторович. – Нет, у нас и другие дела есть.

Интересно, какие у них могут быть дела? Ведь и сам до этого доживёшь.

– А... какие же дела?

– Вот, до сих пор не решён вопрос с «чёрной кассой», – сказал почтальон, Сергей Викторович.

Истребитель, Кирилл Фёдорович, почему-то отреагировал

на его слова насторожённым недобрым взглядом.

– А что за касса? – спросил Арсеньев.

– Мы, пенсионеры дома, собирали деньги на поездку.

– Э... за границу?

– Нет. По живописным уголкам родной страны. Я лично предлагал Асканию-Нову. Замечательный край! Купили карту. Однако эта идея как-то не получила поддержки. Тогда я предложил организовать «чёрную кассу», перебросив в неё собранные средства. Как на многих предприятиях и в учреждениях. Всего набралось восемнадцать держателей. Однако после жеребьёвки...

– Знаем мы эти махинации! – сказал вдруг истребитель, Кирилл Фёдорович.

– Почему махинации? Вы неправы! Если каждый не захочет быть последним – вы подумали, что тогда случится с организацией в целом? Она распадётся!

– И пусть распадается! А я забираю свой взнос! Или новая жеребьёвка!

– Господи, что вы за человек! Где ваша сознательность? Так каждый будет требовать жеребьёвки! А жизнь – она, знаете ли, не бесконечна, она имеет свои пределы!..

– То-то и оно! Вы первенький выхватили бумажечку – ещё неизвестно, может, меченая! – и тю-тю! А я труби восемнадцать месяцев!

– Боже, что вы говорите? Как это – меченая?

– Карандашом, вот как! Нет уж! Лучше я сейчас поживу на свои деньги! И ваших мне не надо!

– А как велик взнос? – спросил Арсеньев. Их сейчас невозможно было узнать! Вот так и ты когда-нибудь, сказал себе Арсеньев, и ему стало страшно.

– Сначала собирались вносить по десяти рублей. Но вот этот прыткий молодой человек внёс смуту, сказал: по пяти, а теперь и вовсе на попятную!

– Ишь чего! По десяти им! Я и эти пять у вас заберу!

– Ну и забирайте!

– Ну и заберу!

– А относительно того, что на заседании вы имели наглость обозвать меня выжигой, – об этом мы ещё поговорим в другом месте!

– Ну и поговорим!

– Поговорим, поговорим, – почтальон, Сергей Викторович, спохватился. – С вами стыдно выйти на люди! Вечно свары, вечно дрязги! Вы извините его, товарищ Арсеньев!

– За себя извиняйтесь, а за меня не надо!..

Они перестали переругиваться.

– Ну, мы пошли. Очень вам благодарны за всё...

– Спасибо за угощение, как говорится...

– И всяческих вам в жизни благ...

– Благ! – закричала вдруг тётя Катя. – С благами у него – дай бог тебе и каждому! Ему б совести кто ссудил!

Арсеньев скрипнул зубами.

– Ну, спасибо... Ишь, крикуха-то...

– До свидания...

Кирилл Фёдорович, истребитель, на цыпочках двинулся в коридор. Сергей Викторович, человек редкой профессии, – за ним.

«...Порск!.. порск-порск!.. порск!»

«Баба» надсадно выпустила пар и грохнула что было мочи. Пространство всколыхнулось. Арсеньеву показалось, что его подбросило в воздух и теперь куда-то несёт. А «баба» методически вгоняла в грунт очередную бетонную жертву. Вгоняла по самое темя.

Когда примерно через час он вышел из кабинета, чтобы устроить разнос тёте Кате, он увидел, что квартира пуста. Только он, да ещё нелепая аллегорическая фигура в сумраке передней, с факелом в поднятой руке. Конец провода свисал из факела на пол. Опущенная в стакан свеча наклонилась, вот-

вот выпадет. Арсеньев колупнул ногтем облупившиеся гипсовые одежды аллегории, подумал, что пока не стоило снимать с потолка люстру, щёлкнул зажигалкой и поджёг свечу. Воск капнул ему на руку, и он задул огонь. Дымок вился над свечой. Арсеньев стоял, смотрел, как он вьётся.

«...Порск... порск-порск... порск...»

Мальчик в доме! – вспомнил он. Какая-то мысль обожгла его, и он застыл. Постоял – и решительными шагами двинулся к комнате, где жил сын профессора.

Мальчик испуганно обернулся, да так и замер: он не успел спрятать челнок под ковёр. Арсеньев оглядел мальчика, застегнул ему на штанах пуговицы, взял за руку и повёл за собой. Вот они в машине.

Мальчик не мог оторваться от стекла. Озирался с радостным удивлением. И нетерпеливо теребил носовой платок – «косыночку», которой он повязывал ботинок. Арсеньев вспомнил, что сегодня ровно месяц, как он запретил тёте Кате гулять с мальчиком на улице. Глаза Арсеньева встретились с глазами мальчика, мальчик засмеялся и заговорил что-то быстро-быстро. Он размахивал «косыночкой», и когда Арсеньев улыбнулся мальчику, тот протянул ему свою «косыночку». Арсеньев отвернулся. Мальчика это удивило, он долго смотрел на Арсеньева, потом снова прильнул к стеклу.

Выбравшись из потока, машина пошла ещё быстрее.

Через два часа они были у интерната.

Процедура оформления оказалась на удивление короткой.

– В группу Людмилы Игнатьевны, – сказал директор. Сказал не сухо – обыкновенно.

Пришла воспитательница. Она взглянула на Арсеньева и смутилась. Арсеньев улыбнулся ей, и она смутилась ещё больше. Арсеньев узнал её: это про неё говорил директор в первый его приезд в интернат: «того за ушком почешет...»

Он всё пытался сосредоточиться на какой-то мысли. На какой – никак не мог понять. И поэтому их не слушал. Они о чём-то спрашивали, а он отвечал невпопад. Они всё говорили между собой, а он прислушивался к тому, что происходило в нём самом. Он очень хотел понять, что в его душе происходит. И не мог: не улавливалось. У него было раздражённое, даже сердитое лицо. Потом он сказал себе, что в его душе сейчас ничего не происходит, ровным счётом ничего. Но хоть что-то почувствовать! Пусть то нечистое, со злорадством, удовлетворение, какое испытываешь, когда сознаёшь, что делаешь гадость. Нет, даже и этого не было. Почему же так?.. Ну хорошо, вот он это про себя понял – ведь теперь, по крайней мере, это невесёлое открытие: что всё внутри атрофировалось, – должно если не ужаснуть, не покоробить, то хоть как-то задеть. Царапнуть. Нет, не царапнуло. Он хмыкнул разочарованно и перестал задавать себе вопросы.

Тут он вдруг увидел, что мальчик опять ему улыбается. И как доверчиво! Ему захотелось что-то для мальчика сделать. Он взял из его рук грязный носовой платок – «косыночку» для «подружки» – и протянул взамен чистый. Мальчик посмотрел с недоумением, а воспитательница отняла у Арсеньева грязный платок и вернула мальчику. И мальчик заговорил, заговорил. Что дальше было, он не запомнил. Кажется, ничего не было. Пожал воспитательнице руку и пошёл к выходу.

Не оглядываясь, дошёл до ворот.

У интерната был пруд. Он удивился – как он в тот приезд не увидел? У берега росли жёлтые кувшинки.

Он совсем недалеко отъехал и вдруг затормозил. Заметил телефон-автомат. Выудил из бумажника несколько пятнадцатикопеечных монет, опустил одну. Набрал номер.

– Алло, это ты, Инна? Это я. Я за городом – слышно нормально? Ты сейчас не очень занята? Не понял? В Зеленоград? Зачем?.. А, да, да, помню. Слушай, у меня к тебе вопрос... Как раз по твоей специальности. Вот я сейчас его отвёз... Алло! Ты слышишь? И ты знаешь – ничего... Странно, правда? Ну, хотя бы подлецом себя почувствовать, – так, понимаешь, и этого...

Что-что? Я же тебе сказал: отвёз. Да! Хотя бы подлецом, говорю... Да ты что, глухая? Не ослышалась, отвёз! Что-о?..

Она ответила ему на его вопрос – что-то очень коротко. И повесила трубку. Он долго слушал гудки. Потом ссутулился и пошёл к машине.

Дома никого. Он послонялся по квартире. На кухне пол скользкий – вспомнил: это налилось, когда тётя Катя пнула ногой аквариум умершего Феникса. На пороге комнаты, где когда-то жил сын профессора, валялся челнок для набивания ковриков. Арсеньев посмотрел на челнок, отвернулся, закурил. Чёрт, что ж это тишина-то такая?! Невыносимо. Подошёл к окну и глазам не поверил: «бабу» на части разбирали. Основание уже погрузили на платформу, надо же!.. Он сел в кресло и опять, в какой уже сегодня раз, сжал виски. Тут зазвонил телефон. Подошёл, стоял долго, не решаясь взять трубку. Телефон звонил и звонил. Вот перестал. Арсеньев вздохнул с облегчением и набрал номер.

– Ты? Да всё как-то так... Хочу тебя спросить об одной... Что? Почему не приезжаю? Странная ты женщина, однако! Что? Ну давай. Ну хорошо. Еду.

Через пятнадцать минут он был у Ванды.

Поцеловав его, она отстранилась.

– Что-то случилось, Алик?

Он недовольно качнул головой.

– У тебя такие круги под глазами. Ты что-то от меня скрываешь?

– О боже!

– Хорошо. Не буду устраивать сцен в первый месяц совместной жизни. Ты ко мне... надолго?

Он пожал плечами.

– Может, на час. Может, на день. Может, на всю жизнь.

Она снова прижалась к нему.

За окном была ночь. Они сидели на её промятой тахте, перед столиком, уставленным питьём и закуской. Он не был пьян, просто возбуждён.

— ...в конце концов, — тряхнул он головой, — ему там в самом деле будет лучше. Что я могу ему дать? Я себе ничего не могу дать. А там за ним присмотрят. Научат — ну, учат же там их чему-нибудь! Там опытные педагоги, многие сделали эту работу смыслом всей своей жизни. — Он поймал себя на том, что повторяет чужие слова, слова директора интерната. Он усмехнулся и повторил ещё раз: — ...как говорится, смыслом всей своей жизни. Как говорится — так он тогда сказал.

— Кто?

— А, — отмахнулся он от неё. Посидел, помолчал, потом снова заговорил: — Понимаешь, они целый год обсуждали этот случай. Всей Америкой. Отключать, не отключать? Я, конечно, понимаю, только Бог решает такие вопросы, но... ей-то что? Ей самой?

— Что отключать?

— Ну... а, ты не читала? Писали у нас в газетах. Живёт девушка... — он усмехнулся: — живёт? Существует, и только потому, что круглосуточно работает аппарат, который вливает в неё физиологический раствор — не знаю! — витамины, кровь, короче, всё. Всё! Машина. Стеклянные трубочки. Поршни, насосы, электромотор. Вынь из розетки вилку — и конец. Родилась не то что без сознания — без элементарных реакций! Лягушечью ножку раздражают током — дёргается, а тут и этого нет. Живёт! Мать — я не помню, кажется, мать, — за то, чтоб отключили. И отец тоже. Родители — за. А Америка, видите ли, против! Это чей ребёнок? Америкин? Или родителей? Нет, им не жалко денег, обеспеченные люди, могут себе позволить. Дело в принципе, в конце концов. Живое это — их дочь? Что тогда вообще считать живым?

Он молчал.

– Алик, и чем там кончилось?

– А? Не знаю. По-моему, до сих пор спорят.

– Слушай, ты знаешь, чем-то похоже на ту историю про японца – помнишь, рассказывала?

– Какого японца?

– Сорокалетних сына и дочь, дефективных, отравил газом. И ты знаешь, его оправдали. Тоже спорили, спорили.

– Оправдали?

– И я считаю: правильно.

– Да... Ну что я ему, что? Ему там в самом деле будет лучше. Но я сейчас не об этом. Знаешь, Ванда, главное, что вот здесь, – он постучал по груди, – ничего. Ни-че-го... Ну что ты молчишь?

– Но... всё так сложно, Алик...

– Лягушечья лапка дёргается, а тут – ничего!

– Но, Алик! Да и что бы ты хотел испытывать?..

– Боже, ну такая пустота... Вакуум! И так страшно!..

– Но вот же ты чувствуешь, Алик!

– Что я чувствую?

– Ну, ты же сам только что сказал: страшно.

– Кому страшно? Да... Нравственность, совесть... Одни разговоры...

– Ну я не знаю... может быть... в конце концов, знаешь, всё настолько амбивалентно... любой стандарт, любое моральное предписание могут, в конце концов, быть опровергнуты, если они...

– Что – если они?

– Ну... я не знаю, Алик, ты от меня требуешь... если человек стремится к свободе. Люди всегда стремятся к свободе – что же в этом плохого? В конце концов, нравственная норма не есть что-то застывшее, скорее это что-то подвиж...

– Вздор! Подвижное – неподвижное! Мне от этого легче?

– Ну не знаю, были ведь времена, когда нравственные нормы пересматривали, даже отменяли.

– Как отменяли? Куда отменяли?

– Алик, ну что ты ко мне пристал? Говорю тебе: ведь даже того японца и то оправдали. В конце концов, ты никого не убил, не зарезал...

Опять помолчали.

– Ты страдаешь, и мне тебя жаль, вот и всё, Алик... И вообще, на мой взгляд... не осудите, и осуждены не будете... как там?.. – есть ведь где-то такое? По-моему, любой поступок в общем-то амбивалентен.

– Модная пошлость, и больше ничего!

– Что же ты на меня сердишься?

– То, помню, с сублимацией носились, то с экзистенциальностью! Теперь с амбивалентностью! Ну малые дети, дефективные малые дети! Один кубик возьмут, другой, составят поезд. Но не едут. Ждут, когда воспитательница им «ту-ту» скажет! И все мы так! Нас ведь мода воспитывает! Одна только мода, и больше ничего!

– Алик, я же тебе ниче...

Выпили.

– Я не знаю, Алик. Просто я...

– А который час? – он посмотрел на часы. – Ого! Приходит ко мне на днях тётя Катя – и такой понесла вздор! Будто Вовка – вовсе не сын профессора. Будто тот его усыновил.

– Опять себе налил. А мне?

Налил ей. Она положила голову ему на колени.

– Я ей говорю: тётя Катя, то вы его крестить собрались, то стреляться. Теперь опять мне голову морочите. Вы лучше Диккенса почитайте. У него прекрасно разработан этот мотив – ну, у кого-то там отняли наследство, потом он подрос, ну, настрадался, конечно, глав на пятьдесят, но в последней главе всё разрешается самым счастливым образом. Приходит блюститель законности, дотрагивается до страдальца замусоленным жезлом, говорит: вы и есть наследник, а этих мы – в тюрьму... А потом спрашиваю: тётя Катя, а может, у профессора что-то на совести было? Тогда это не Диккенс, тогда это чисто русское, искупительная жертва – взять вот так мальчика, как вы говорите. Взял же тот Черных – помнишь, рассказывал? – дефективного из интерната, имея своих двоих. А почему взял? Шофёр, сбил когда-то ребёнка. Отсидел, а совесть мучит... Да я б сам взял при таких обстоятельствах. Но ведь ничего же не мучит! Пусто как... Всё это, конечно, басни, что приёмыш. Выдумала старуха. Как ещё не сочинила, что профессор с ней его прижил? Тогда пожалуйста, все права на наследство, я перехожу к ней в швейцары. Эх... А как же на самом деле было? Может, и правда взял? Сын ему мальчишка? Не сын? Поди узнай! Ведь чтоб знать, где правда, надо знать, как было на самом деле. И где вообще правда? Есть она вообще? Всё так зыбко – ускользает, расплывается... Однако я и не заметил, как соскочил на эту твою амбивалентность...

Она взяла его сигарету, затянулась.

Воспользовавшись паузой, она обняла его.

– Будешь приставать – побью. Чем и докажу, что люблю. Нет, это раньше так считалось. А в наш недопотопный век всё амбивалентно... А давай побью, по старинке. А ты по старинке вызовешь милицию. Придёт милиция, во всём разберётся, и хоть в чём-то появится определённость. А то идёшь, идёшь всю жизнь, а куда? По кругу. И никакого катарсиса. Давай ловить катарсис. Может, словим?

– Я ж предлагаю. Весь вечер. Всю ночь!

– А ну лежи спокойно. Я брал в жёны порядочную женщину, а не сексапилку.

Он запахнул халат у неё на животе, она притянула его к себе, повалила на себя, но он освободился.

– Тошно, Ванда. Вернее, тошновато...

Она посмотрела с испугом, отвернулась: боялась, что заметит.

– Алик, может, кофе ещё сварить? Я так хочу тебя расшевелить! Так мне тебя жалко!

– Свари. А который час?.. А?.. Ты вот что. Ты закрой глаза и спи себе. А я буду думать. Ведь положено заботиться о душе. Заодно и о твоей позабочусь. У тебя есть душа?

– Пощупай.

– Невозможная баба! Нет, это мы хорошо придумали: амбивалентность. Изобретение века! Плохо только, что катарсиса с ней не бывает. Отменяет она его: где нет начал, какие могут быть концы?

– О, ты уже стихами заговорил?

Он закурил.

– Неужели в другие эпохи было то же самое? Как же тогда шли на плаху? На костёр? А, их тоже всех продиктовали! Жанну д'Арк, вообще всех. Все всегда были продиктованы предрассудками своего времени. А уж самые продиктованные – мы, интеллигенты первого поколения. Но это отвратительное чувство, будто уже умер и ни к чему не имеешь отношения. А самое страшное – к себе самому!..

– А ко мне имеешь?

– Да ну тебя…

– Ну и напрасно. Смотри: ты многое теряешь.

– То, что тебя много, это точно…

Он снял её голову с колен, подошёл к окну. Хоть бы «баба» грохнула.

Он прошёл мимо, и она притянула его к себе. Поцеловала.

– Неужели тебе со мной плохо? Смотри, какая я…

– Перестань, укройся. У тебя свой сон, у меня – свой.

Она потянулась за зеркалом.

– Смотри: мы с тобой. Правда, хорошо?

– Натюрморт с Аликом.

– Что-о? – возмутилась она. – Это я-то – «морт»? Я его всю ночь завожу...

– Ну, натюрморт с Вандой.

– Смотри: здесь Алик и Ванда и там – Ванда и Алик. АББА.

– Авва. Собачоночье такое.

– Вечно ты всё портишь!..

– Чтоб было АББА, нужно, чтоб ты и вот эта твоя подруга были на «Б». Ну, банда, например. Два Алика с двумя бандами. А ты знаешь, выговорился – вроде полегчало.

– Правда? – уже не искусственно, по-настоящему оживилась она.

– Выговорился... тоже мне исповедь... сына века... Одна пижонская рефлексия. Ох, пропаду от пижонства! Оп-ля, тру-ля-ля, не жизнь, а водевильчик...

– А вот я всё равно тебя заведу!

– Какая самонадеянность! И все мы отражения других, и все мы продиктованы другими... Ух ты! Стихи! – он повторил нараспев, дурачась: – И все мы – отражённые другие, а те все – отражённое от нас.

– Я тебя сейчас своими стихами заведу!

– Ни за что! «Каждый пятый инженер и студент (интеллигенты)! Я с ними незнаком. Я послан богом мучить себя, родных и тех, которых мучить грех». Дальше забыл. Или он дальше не написал.

– Зачем же ты мучаешь ту, которую – грех?

– Тебя – можно... Я говорил тебе: ни счастия, ни славы... да запахнись ты!.. мне в мире не найти, настанет...

Он глянул на неё и оторопел: она мяла грудь точно таким же движением, как когда-то «мадам Мила». Он закрыл глаза.

– ...час кровавый, и я паду, и хитрая вражда!.. какие слова: хитрая вражда! с улыбкой очернит...

– Сволочь ты, Алик!

– ...мой недоцветший гений, и я погибну без следа... оставь в покое грудь!.. своих надежд, своих мучений...

– Сволочь ты, Алик! Если бы я знала, что ты такая сволочь!..

– ...Но я без страха жду довременный конец...

– Ну, против этого ты не устоишь! – она встала на тахте на колени и брызнула чем-то ему в лицо.

– Что это? – опешил он.

Она сдавила грудь, и тоненькие, тоньше ниточки, струйки брызнули в разные стороны из соска. У неё был очень довольный вид: по лицу, отупевшему, ставшему сонным, гуляла блаженная улыбка.

– Как ты это... делаешь? – не мог он прийти в себя. Вытер со щеки капельки молока. – Ты же никогда никого не кормила!

– Ну и что из того? Это мой секрет, если хочешь знать. Сейчас это очень распространено. Такая наша маленькая эротическая эскалация, Алик, а то с вами в самом деле станешь натюрмортом. Ну, иди сюда.

Он почувствовал смущение – и удивился. Начал раздеваться, долго неловко прыгал на одной ноге, стаскивая носок. Тут зазвонил телефон.

– Нас нет дома, мы в постели, – поморщилась Ванда.

«Мадам Мила» – один к одному! – покосился он на неё. Побледнел и сказал:

– Сними.

– Алло? Это тебя.

Капелька молока на её соске уже не дрожала. Она сверху была – капелька, не сорвётся, не упадёт, так и засохнет.

Он слушал, отвернувшись от Ванды.

– Ин! Да погоди! По-моему, ты преувеличиваешь значение проблемы!

Он услышал в трубке рыдания и побледнел ещё больше. Ждал, когда Инна снова сможет говорить. Ванда подошла сзади, навалилась голым плечом.

– Инночка, добрый вечер! Мы катарсис ловим, Алик развивал одну очень интересную...

– Вы дура, пошлая дура! Алик! Отбери сейчас же у неё трубку! Ты слышишь? У этой коровы!

– Ну, это уж слишком! – сказала Ванда, собиралась ещё что-то сказать, но он сбросил её с плеча. Прошипел: «Сядь!»

– Ну и позволяй ей! Маму себе нашёл! Она его как ребёнка, а...

Он замахнулся:

– Заткнись!

– ...Алик, умоляю, выслушай меня, не клади трубку! Потом не раз пожалеешь! Алик, завтра же поезжай за мальчишкой! Я спать не могу! Я весь день сегодня! Я в Зеленоград...

– Инна! Да послушай!

– Алик, может, ты под чьим-то влиянием? Идиотка эта повлияла? Я знала, что всё закончится этой пошлостью, романом с безмозглой коровой! Алик, но тебе же тридцать шесть лет, ты ведь не мальчик!

– В том-то и дело! И не надо меня...

– Алик, зачем ты его отвёз? Мешал он тебе? Все заботы на плечах тёти...

– С тётей Катей мы расстались. Я её рассчитал. Точнее…

– Алик!..

– Она превратила мою жизнь чёрт знает во что! В театр абсурда!

– Боже! Неужели ты не понимаешь, что ты сегодня сделал? Я в Зеленоград из-за этого не поехала! Весь день тебя искала!.. Ещё один несчастный останется без защиты, Алик!

– Да что ты на меня навешиваешь всех собак?

– Не просто беззащитного ребёнка обидеть – беззащитного вдвойне, Алик! Подожди, я высморкаюсь! О боже!

Тут Арсеньев услышал в трубке шум возни, борьбы какой-то. Мужской голос бубнил рассерженно. Арсеньеву стало страшно за Инну.

– Три часа ночи, Инна! Не хватит ли на сегодня? – это говорил Иннин муж. – Послушайте, Александр Григорьевич, я прошу вас! Завтра будет день, вот и обо всём...

– Уйди! Сейчас же оставь нас вдвоём! Пашка мой сын! Мой и его! Алло! Да оставь меня, Толя! Да что ж ты меня тащишь-то? Мне же больно!

– Александр Григорьевич!..

– Алло! Алло, Алик! Ты меня слышишь? Толя, умоляю –

одно слово! Толя, я!.. Я! Алик! Пашке не нужен такой отец! Такой выродок! Зачем ты его отвёз? Если с ним там что-то случится, если он заболеет!.. Господи, да чем жить таким негодяем, такой пустой оболочкой... уйди, Толя!.. уж лучше покончить с собой! Да, Алик, да! И я говорю это тебе только потому, что ты отец Павлика! И!.. И!.. Всё!..

В трубке долго было тихо. Потом её положили.

Он постоял у телефона, подошёл к тахте – больше не на что было сесть. Испуганная Ванда быстро наполнила чем-то стакан.

– Выпей!

Он выпил. Это была водка. Долго сидели молча. Потом он сказал:

– Да, я поступил плохо. Она права, да. Но почему я так поступил? Нет, я не оправдываюсь. Потому что при желании можно оправдать что угодно. Мне надоело лгать всем и самому себе. Он угнетал меня! Что же, я должен был его возлюбить? Я его возненавидел, и поэтому!.. Ну, что тут объяснять! Все вокруг только и делают, что лгут! Притворяются! И от случая к случаю заботятся о состоянии своей нравственной витрины! А нравственность – я подозреваю, она давно заменена статистикой. Вместо нормы морали – статистическая доминанта. Все так – и я так буду. Я же, по крайней мере, поступил честно. Честно перед собой! Это согласуется...

Он замолчал, и Ванда воспользовалась этим, чтобы прийти на помощь:

– Конечно, Алик! Японца и то оправдали! Это согласуется...

– Да помолчи ты! Ни с чем это не согласуется. Просто мне до чёртиков надоел дефективный ребёнок, чужой дефективный ребёнок, на фоне которого я должен был исполнять перед всеми этими лицемерами танец маленьких лебедей. Я не ангел, а притворяться не хочу. Да, вот ещё что... что-то же и ещё я сегодня об этом думал... что?.. а, вот: в конце концов, пусть это рассматривают как такой эксперимент. Моральный. Человек – ребёнок. Ему дают игрушку, жизнь, он её ломает и говорит: ага, вот, значит, что внутри. Вот и посмотрим... Я готов гнаться за ответом. За катарсисом. И не боюсь его догнать... Если же мой эксперимент прогорит – что же, я... Голова болит. А если всё это звучит неубедительно... да хватит на сегодня!

Они ещё немного посидели, потом легли.

Он прожил у неё больше недели. Дважды заезжал домой, за деньгами и одеждой. Там было пусто, всё будто вымерло. А однажды – день был в разгаре, жарко, их сморил сон, – он освободил шею от тяжести Вандиной руки и поднялся с промятой тахты.

– Ты в туалет? – спросила она сквозь сон.

Он ничего не ответил. Оделся, стараясь не шуметь, и вышел на улицу.

Два часа, машин мало. Вдруг что-то будто толкнуло его: в поле зрения попала «баба», установленная на краю котлована. Очень похоже на ту, что было у его дома. Он прибавил скорость. Вот он у себя. Посмотрел в зеркало: воспалённые глаза, волосы давно пора подстричь. Набрал ванну горячей, как кипяток, воды, влез. Когда пообедал – пастилу, лакомство детства, привычно заедал диабетической колбасой, рассеянно просматривая журналы по славистике, – было уже около четырёх. Полез в холодильник. Чёрт знает что! Как назло, одни подпорченные фрукты. Бананы, гадость такая, прямо в руках расползаются. Он выбросил всю гроздь в мусорное ведро и захлопнул холодильник.

В магазине очередь, не подступишься. Он чувствовал глухую боль во всём теле. Почему так всё болит? Накупил фруктов и, не заходя домой, поехал.

Не успел проехать кольцевую – лопнула камера. Вышел, пнул колесо, достал домкрат. Минут сорок возился. Только стал успокаиваться – мотор забарахлил. Не машина, а чёрт-те что! Пора продавать.

Последние полкилометра – и дорога свернула на просёлок. Вон и та лужища, не просыхающая с весны до осени. Но вообще ничего, живописно. А вон уже пруд. Роскошный когда-то был пруд. Нет, может, и тогда уже был запущен. Когда здесь не интернат был, а барская усадьба. Ого, сколько кувшинок! Он вышел из «бьюика», спустился к воде, принялся какой-то веткой подтягивать к себе кувшинки за стебли. Ничего не получалось. Недолго думая, разулся и вошёл в воду. Целый букет нарвал. Бросил жёлтые цветы рядом на сиденье. Вытер испачканные глиной ноги о траву, обулся. Вот он въезжает в ворота интерната.

– Прошу прощения, вы товарищ Арсеньев?

Почему она так на него смотрит? Вспомнился ночной звонок Инны, сердце сжалось тревожно. А она кто? Почему спрашивает?

– А что случилось?

Чёрт, слова в горле застревают. А, дежурная сестра.

– Василий Иванович к вам с четырёх часов дозванивается.

– Кто-кто?

– Директор наш...

С четырёх часов? А сейчас сколько! Ух ты, уже шесть! Спросить её? А о чём спрашивать? Молча пошёл за ней.

– Здравствуйте. Я и домой, и на работу звоню. Вам не передавали?

Кто мог передать, если у него не присутственный день? А сердце так и падало от предчувствия чего-то страшного.

– Не передавали...

– Несчастье у нас, Александр Григорьевич. – Директор полез в ящик стола и достал оттуда ботинок. На нём был знакомый грязноватый носовой платок – «косыночка». Мокрая почему-то. В тине.

Арсеньев смотрел на директора, ничего не понимая. Другой ботинок где?

— Следы босых ног ведут к воде. А он... этот... — директор коснулся ботинка, — на берегу.

— Как на берегу? Где?!

— Над обрывом...

— Ну и... что?..

— Недоглядела Людмила Игнатьевна...

Арсеньев заслонился рукой. Что он ему говорит? Он не хочет этого слышать!

— Но... надо же искать! Надо... нельзя успокаиваться!..

— Поиски ни к чему не привели... Он умел плавать?

— Я не знаю. — Арсеньев растерялся. Какой-то кошмар. Но тогда что же он сидит сложа руки? Искать надо! Надо искать!

— А вы никогда его не учили?

О чём он спрашивает? А, не учил ли он его плавать. Он помотал головой и вытер со лба пот.

Дежурная сестра тихо вышла. Арсеньев проводил её тоскливым взглядом: он сейчас очень жалел, что она уходит. Этот ресничищами своими хлопает, как сова! И рано ещё каркать! Рано! А то ещё накаркает!..

Директор побарабанил пальцами и спрятал ботинок. «Косыночка» выглядывала. Директор увидел, что Арсеньев не может отвести от неё глаз, запер ящик стола на ключ и опять побарабанил пальцами. А она всё равно выглядывает!

— Василий Иванович, а второй ботинок... — где?

Директор поднял на него глаза и ничего не ответил.

— Что же теперь... будет?

Директор опять поднял глаза. Вот ресничищи чёртовы!

— Что вы? А, пригласили водолаза. Вызвали. Ждём.

Какого водолаза?

— Там труба проходит. Думали, она засорилась — илом затянуло. А Алевтина Марковна сказала, что пять лет назад, когда тоже вызывали водолазов... так не затянуло, наоборот, ниша в грунте образовалась. А от решётки, говорит, одна ржавчина осталась....

Решётка какая-то! Алевтина Марковна! Что за ерунда!

– Но тогда ведь... – Арсеньев посмотрел на директора с недоверием. – Должен же тогда и приток откуда-то быть! Раз ниша и раз вытекает! Я правильно понял?

– Он и есть там. Речушка впадает.

– Где речушка? Какая речушка?

Директор перестал хлопать по-совиному ресницами.

– Боже... Ну зачем столько вопросов?

– Но тогда... что же вы сидите?

Директор коротко взглянул на него и отвернулся.

– И вы говорили, пять лет назад был водолаз! Значит, у вас уже второй такой случай?

Директор не смотрел на него.

– Я же вас спрашиваю! – Арсеньев вскочил со стула, сел.

– Господи... Тогда совсем другое дело было...

Арсеньев опять вскочил. По комнате двинулся. Это чей портрет? Корчака? А, чёрт...

– Они сегодня должны приехать – водолазы?

Директор кивнул.

Что же они?.. А, всех неполноценных уничтожать. Устранять из радостного мира... А Корчак же что?.. Ах, да...

– Но... почему вы решили, что он утонул? Не умел плавать – ничего ещё...

Директор оборвал его взглядом.

– Что же теперь будет?..

– Что будет? – директор зло смотрел на него. – Начнут следствие. Меня отстранят. А её посадят. А она – наша лучшая воспитательница. Лучшая! Вы понимаете? И она не виновата! Володя здесь нормально разговаривать начал!

«Володя?» – удивился Арсеньев, но тут же вспомнил, что так звали мальчишку. Тётя Катя – туда же! «Хочешь, милок, чтоб живое жило – да не болело?» Да, мир – конечно, пока живёт – болеет. Мёртвое не болеет. А живое... Что же живое? А, да...

– ...а всем на это будет наплевать! Они этого учитывать не станут! Вкатают три года! Она ведь почему упросила меня разрешить Володе гулять одному? Заметила, что у воды он слова повторяет, которые она учит с ним утром. Но им на это будет наплевать! Наплевать, вы это понимаете?! – директор хлопнул по столу ладонью и перестал кричать.

Арсеньев поймал себя на том, что робеет, когда он кричит. Его это возмутило. Сначала стыдно стало, а потом возмутило. Будто директор был виноват в том, что он робеет.

– Но всё равно! Пока они там приедут, а искать-то ведь и без них можно?

Арсеньев снова начал бегать по комнате.

Директор холодно посмотрел на него и сказал с презрением:

– Вы истерики для своей жены оставьте. Ах, забыл, вы холостой. Тогда для мамы, молодой человек.

– Я вам не молодой человек! – больше всего задело Арсеньева. Сейчас ему приятно было от того, что он уже не робеет. Ему захотелось сказать директору что-нибудь такое, чтоб тому стало ясно: никто его здесь не боится. На герлух своих пусть покрикивает. Он придумывал, что бы такое сказать, а директор отвернулся – надоело смотреть. И тогда Арсеньев сник. Так страшно стало! Он пожалел о том, что ссорился с директором. Может быть, тот бы ему как-то помог.

– Скажите, мне теперь у вас дожидаться?

Директор удивился.

– Зачем у меня? Да они могут сегодня и не приехать.

– Но они ведь вам обещали! А раз обещаешь!..

Директор не стал больше говорить про истерики. Смотрел куда-то мимо Арсеньева.

Не знал бы, что есть такие интернаты, и всё было бы хорошо. Сами интернатов понастроили...

– Я не понимаю, тогда что же вы?.. Боже, ну что вы всё молчите? В конце концов, о чём вы думаете?..

Директор его не замечал.

— Я пока... там похожу?.. — спросил Арсеньев, успокоившись от того, что он снова робок с этим человеком. Директор взглянул на него, и Арсеньев показал на окно.

Директор молчал, молчал, вдруг опять сказал со злостью:

— Всем будет наплевать! А у неё свой такого же возраста! Да как назло — нормальный! К нам не возьмёшь!

— Свой? — ничего не понимал Арсеньев.

— Да, свой! А мужа нет! Бросил! Никого нет!

Арсеньев отвёл испуганный взгляд от его каменного лица, потоптался и вышел.

Обошёл пруд. Вот этот обрыв он имел в виду. Да, тут и ряски нет, вода стоячая. Увидел пенёк. Присесть? Но что теперь здесь сидеть? Повернулся, пошёл к машине. По дороге остановился, оглянулся — задумался. Нет, нечего здесь больше делать. Ждать и без того пытка, так лучше уж не здесь ждать. Приедет — уже и звонить можно будет. Жаль, не спросил: директор домой уйдёт или останется на ночь в интернате? Впрочем, какая разница! Кто-то же будет на телефоне.

В машине повертел в руках кувшинки. Выскочил из «бьюика», лицо перекосилось от ярости, размахнулся — и забросил кувшинки в кусты. С глаз долой!

Дома — мимо комнаты проходил, где когда-то жил сын профессора, — споткнулся вдруг о челнок. Хотел поднять с пола, потянулся, но так и отдёрнул руку. Не решился дотронуться: страшно было.

Набрал номер, назвался.

— А, это вы... — «Не ушёл домой, остался ждать». — Были водолазы. Нашли...

— Нашли?!

— Нашли ботинок, второй.

Директор молчал. Арсеньев слушал, как он там дышит в трубку.

– А где нашли?

– Где нашли? – директор спросил так, что Арсеньеву стала понятна ненужность вопроса. – В нише. Под обрывом. Ну, куда вы ходили смотреть, только на дне...

Видел, значит, что он ходил к обрыву?

Теперь директор не дышал в трубку. Ужасающе тихо. Нет, он и тогда не дышал. Это сам Арсеньев дышал. Дышал – а потом замер. Вот сейчас снова дышит – и опять не так тихо. А директор не дышал.

– Алло?

– Да! Да-да!

– Думаем начинать раскопки. Как только получим разрешение...

– Зачем раскопки? И это же уйма времени!

– Нужно достать тело.

– Тело?..

Там молчали. Потом положили трубку.

Арсеньев долго сидел над телефоном. Потом выдернул вилку. Опустился на кровать. Только бы тётя Катя подольше не узнала – такая была мысль, прежде чем он уснул.

Он проспал не больше часа. Его разбудил звонок в дверь.

Он открыл глаза. Лежал, соображая: что им ещё от него нужно? Встал, открыл дверь. Это был сосед.

– Здравствуйте. Третий раз за вечер наведываюсь, – и ушёл.

Сюр какой-то! Арсеньев проводил его взглядом. Что-то новое о мальчике приходил сказать? Да, но откуда он мог об этом знать? Он уже хотел закрыть дверь, а сосед вышел из своей квартиры, держа в руках что-то большое, плоское, завёрнутое в простыню.

– Ждал, ждал, сказал – сам вам позвонит, – говорил сосед.

Арсеньев принял у него из рук обёрнутое в простыню – на ней был когда-то чёрный, а сейчас застиранный штамп «ПТУ № 9», – внёс в переднюю и, не разворачивая, прислонил к стенке. Простыня соскользнула вниз, и Арсеньев увидел женскую голову, античную, на фоне неба. Из раны над бровью хлестала алая кровь. Он потянул простыню кверху, стал завязывать концы в узел, а они были коротки, на узел не хватало, и он оставил как есть. Простыня опять съехала на пол.

Он подошёл к двери, проверил, оба ли замка закрыты, набросил цепочку. Вставил в замок ключ – вот теперь снаружи не откроют. Перекрыл глазок.

Свеча, наклонившись, качнулась в светильнике, когда он задел её плечом: аллегория, подняв факел, пыталась рассеять мрак. Жалкие попытки! Он хотел поправить свечу, а она вывалилась из стакана факела. Он смотрел, как укатывается свеча. Вот сейчас закатится за картину. А свеча, уловив какой-то наклон на поверхности пола, выкатилась вдруг из-за полотна и замерла у его ноги. Он вздрогнул и, делая большой круг, обошёл её стороной. Он полез в стол за бумагой: кажется, нужно оставлять записку. Под руку попалась пачка, на каждом листе которой, в правом верхнем углу, в изящной рамочке, стояло: «Арс.». Это было очередное пижонство – метить бумагу. Два года назад заказал он эти метки, ещё профессор Кочетков был жив. Так он ею и не воспользовался. Что теперь с ней делать? Боже мой, что?! В мусоропровод кто-нибудь выбросит. Он щёлкнул зажигалкой, затянулся, положил сигарету в пепельницу и забыл о ней. Кажется, полагается приводить в порядок научное наследство. Он открыл все шесть ящиков стола и вывалил на пол всё, что там было. Он сидел на полу перед горой бумаги. Буквы расплывались. Он потянулся к пепельнице. Оказывается, «Кент» дотлел до фильтра. Он достал из пачки новую сигарету, поднёс ко рту и положил рядом с собой, на полу. Узкие листки. Гранки какие-то. А, статьи профессора Кочеткова. Вот правила рука профессора, а вот, перечеркнув правку, – его рука. Он попробовал вчитаться в абзац. Усмехнулся, взял карандаш и зачеркнул всю страницу. Бросил старые гранки на кучу, и куча осыпалась. Он задвинул её ногой под стол и встал с пола. Оглянулся. Дверь кабинета была открыта, и взгляд упал на челнок мальчика, забытый на пороге. Э, да он, небось, лежит тут с той самой минуты, как Арсеньев приходил за мальчишкой! Он поднял челнок. Вытащил из-под ковра пяльцы с птицей-рыбой. Присел на корточки и, уперев пяльцы в пол, проткнул ткань челноком. «Порск... порск...» Он закрыл глаза, поднёс пяльцы к уху и снова проткнул ткань: вслушивался в звук. «Порск...» Он улыбнулся и принялся исправлять коврик. Штрихи ложились всё ровнее, и вот уже птица-рыба по всему контуру заполнилась перьями. Ах, да, не перьями – чешуёй... Посмотрел на свою работу и остался ею доволен. Эх, не то: рядом с исправленной птицей-рыбой неприкаянно носились стайкой, выброшенные бессмысленно в пространство, чешуйки. Им не хватало границ. Что? Границы личности? Кто это говорил? Что за вздор? Зачем границы? Он примерился и нанёс один штрих контура, другой. Одетые контуром, чешуйки будут выглядеть совсем иначе, радовался он. Он всё больше сосредотачивался на работе, а нитка в челноке возьми и кончись! Он растерялся и отложил пяльцы. Приподнял ковёр за угол: должны же где-то у него быть нитки! Мулине, бордовое мулине. Не было. Он вздохнул с сожалением и погладил птицу-рыбу рукой. Он не знал, что повторяет сейчас жест сына профессора.

Громко тикал будильник. Тикает, тикает – так и не заметишь, как жизнь оттикал. Дурак часы придумал. Надо... что?.. а! надо громко! напоминать надо: жизнь! жизнь! жизнь! Тикает!.. потянулся к телефону и набрал номер.

– Ольга Елизаровна, это я. Позовите тётю Катю.

Ему ответили, что тётя Катя куда-то пропала.

– Четвёртый день дома нет.

– Четвёртый?

– Ага. Она разве не у тебя?

– Нет. У меня её нет, Ольга Елизаровна...

– А ты...

– Я не знаю, Ольга Елизаровна... Я вам потом позвоню...

Что же он так гнусно тикает? Он подошёл к будильнику и завёл звонок на десять вечера. Было около девяти. Он поспит час, ровно час. Нет, час и пять минут. Сел к столу, поставил будильник перед собой, положил голову на руки. Открыл глаза, скосил глаза на будильник: что ж он не звонит? Не удавалось заснуть. Он поднял голову, нажал кнопку на циферблате ручных часов. Сегодня двадцать третье. Двадцать третье августа. Он опять положил голову на руки.

...То, что он увидел в своём полубреду-полузабытьи, удивило его, он открыл глаза и с недоумением огляделся. А потом снова закрыл глаза. Чувство протеста возникло в нём, и оно крепло: зачем память предлагает ему смотреть? Он не хочет. Ему сейчас неинтересно. Оно не нужно ему сейчас! Но он не мог отделаться от картинок, рисовавшихся помимо воли. Он вынужден был смотреть. Он открывал глаза и закрывал, он поднимал голову и снова клал её на руки, он встряхнул будильник: почему он не звонит? К окну подошёл: может, «баба» примется стонать и отвлечёт его? (Он забыл, что её давно разобрали на части). Ничего не помогало – картинки не проходили. Тогда он стал их комментировать. Говорил он не вслух, он про себя говорил. И вообще это не он говорил! Ну и что, что его голос, его интонации, вздохи и усмешки? Всё равно это не он! Впрочем, может, и он... Вот если бы спросить кого-то...

...Он увидел учителя, которого обожгло пламенем, потому что они, боясь обыска, вылили в туалет ворованный бензин. Как учитель постарел! Наверное, с момента, когда произошло несчастье, прошло лет десять, и сейчас учителю за сорок, подумал он во сне, открыл глаза и снова посмотрел на будильник: что ж он не звонит? Оставаясь невидимым учителю, Арсеньев, тем не менее, как это бывает в наших снах, присутствовал, он был где-то здесь, рядом, совсем близко. Он видел, как учитель вышел из своей квартиры. В руках у него была колбочка. Как в школьных кабинетах химии. Учитель прижимал её к груди. В колбочке, на дне, сгустилась какая-то жидкость. Такого водянисто-молочного цвета. Учитель, пожмурившись на утреннем солнце, бросил на колбочку взгляд, полный достоинства, лицо стало строгим. Прямой, как палка, – как он похудел! – учитель вышагивал по двору. У гаража учитель задержал шаги...

...Что ещё подскажет мне ненужная память? – спрашивал себя Арсеньев, провожая учителя взглядом. И почему не звонит будильник? Ах, да, Мэрион Блум тоже размышляла в постели. Когда я учился плавать, говорил себе Арсеньев, я был семнадцатилетним балбесом, а вода всё лето была, как лёд, но только зачем мне такое воспоминание? Что же касается чувства гражданственности...

...У гаража учитель задержал шаги...

...Но сейчас это мало кому интересно. Э, да к чёрту Мэрион Блум! Кстати – что будет делать Ванда? И столько ненужного молока в груди!..

...Сначала учитель совсем было прошёл мимо гаража. Но остановился, вернулся. А колбочку прижимает. Выпрямился ещё больше, и – длинный плевок...

...Короленко в Кишинёве выходил один против толпы погромщиков...

...и длинный плевок...

...А чего стоит одна неспособность быть гражданином! Да, уж, что касается ответственности перед народом, историей, страной... Почему же он не звонит?..

...Нет, учитель не сразу плюнул. Сначала он прицелился. Длинный плевок лёг на дверь гаража. Учитель повернулся, как автомат, и зашагал к чугунным, сплошь из чёрных лилий, воротам. В воротах он столкнулся с «мадам Милой».

– Шо такое? Нет, шо это у вас такое? Шо ви боитесь – я жи не заберу! – Она увидела колбочку в его руках. Она бесцеремонно тянулась к ней. На пальце-сосиске сразу два толстенных кольца. Обручальные. Как она тоже постарела...

...А она говорила, что жизнь – это трусость тела и героизм души. А смерть – трусость души и героизм тела. Интересно, что об этом думает тётя Катя? Или тётя Катя уже?.. Тогда почему не звонит будильник?..

– Ну шо ви боитесь, я ж говорю, что не заберу!

Учитель затрясся от негодования.

– Я не считаю нужным обсуждать со всяким и каждым! – учитель гневно дёргал головой.

– А шо такое, если дажи я посмотрю?! – глаза «мадам Милы» зажглись ещё большим интересом, на лице мелькнула догадка. – А, так-таки по́няла! Это жи у вас знаете что? Это жи у вас анализ!

– Я считаю неуместным! – дёргал головой учитель. Но вот краска смущения залила его худое, когда-то очень красивое лицо. Он теперь смотрел на неё взглядом провинившегося ребёнка.

– Нет, ви на него посмотрите! Если у меня нет мужа, так со мной уже нельзя говорить как ис человеком?! Шо, по-вашему, я хорошо с ним жи́ла? Это я с первым жи́ла год за три! А с этим аферистом я жи́ла уже год за пять! – она заплакала. – Ви посмотрите: шо, мине сорок лет? Мине пять раз по сорок – ви знаете действие умножить? Мине с ним стало двести лет – так я с ним жи́ла! А ви мине отталкиваете?..

Учитель растерялся. «Мадам Мила» смахнула крохотную слезинку и помяла грудь.

...Катарсиса ведь всё равно не наступит, говорил себе Арсеньев, глядя на них. Даже когда прозвонит будильник. Потому что я ничего про это не узнаю. Мой катарсис переживут другие...

Её слёзы вызвали у него сочувствие. Он перестал вытягиваться так, будто проглотил аршин.

– Или я вам враг? Это жи тот подлец вам враг! А я всегда

желала вам семейного счастья ис вашей Людой – шо, я её не уважаю?! Бени-му́нис и вот вам истинный крест, шо это жи я добилась, шоби того посадили за его ворованный бензин – шоб он им залился у своей тюрьме!

Она перекрестилась, неся руку от левого плеча к правому. Подумала – и положила крест верно.

– Бени-му́нис! Нет, справедливость таки торжествует! Вот ви увидите: вам будет хороший анализ!

Вдруг она привстала на цыпочки и зашептала ему в ухо:

– А как ви делали анализ? Во так вот? – она сделала жест рукой, быстрый, но вполне прочитываемый.

Учитель ковырял землю носком ботинка.

– Нет, дайте я вам посмотрю! – потянулась она к пробирке. – Я вам определю лучче вашей поликлиники!

Учитель не успел опомниться, как колбочка оказалась у неё в руках...

...Конечно, говорил он себе, глядя на учителя, до этого надо ещё чёрт знает сколько прожить, чтобы понять, что это такое: ответственность перед народом. Но мне об этом рассуждать поздновато. Он говорил: ...горькая детоубийца Русь... и на дне твоих подвалов сгину иль в кровавой луже поскользнусь, но твоей Голгофы не покину... А Мэрион Блум... Господи, а я чем лучше? Пошлое племя снобов, всё, чему мы научились, да и то некоторые, – это читать книги. Читать жизнь мы не умеем, и поэтому наши трагедии проживаем играючи. Мы превращаем их в пошлейший водевиль...

...Бедный, он не знал, что теперь делать, потому что колбочка была у неё в руках. А она посмотрела на свет, поболтала. Вытащила ватку, которой было заткнуто горлышко, и поднесла колбочку к носу. Учитель следил за её действиями глазами, полными тревоги.

– Эсли вам эти коновалы скажут: плохо – вылейте им прямо на голову! Очень хорошая вещь, я вас увераю!

Она вернула ему колбочку и опять перешла на шёпот:

– Шоби такая женщина, как я, не понимала ув спэрме! Это ви за один раз? Нормально! Пусть они делают себе больше! Шо, для этого много надо?!

Учитель, бледный от пережитого, улыбнулся «мадам Миле», выпрямился, откланялся и двинулся по улице. А Арсеньев, оставаясь невидимым и персонажам своего сна, и себе самому, нервно рассмеялся вслед учителю и сказал громким голосом:

– Год спустя у него родилась девочка. Господи, лучше б она не рождалась!..

Учитель не повернулся на громкий голос Арсеньева: он ведь ничего не слышал. Это ведь был сон Арсеньева. Учителю тогда снилось другое. Господи, подумал Арсеньев, что снится ему теперь, если он ещё жив? Господи, заплакал во сне Арсеньев, вспомнив то, что случилось с дочерью учителя. Сколько мук, плакал Арсеньев, а зачем? За что?..

...Учитель ничего ещё не знал, нёс свою колбочку. Он немного размахивал ею на ходу, и солнце, отражаясь в стекле, даже оттуда, издалека, слепило глаза.

«Ностальгия по детству? Если б так! Ужас, леденящий душу при воспоминании о детстве. Всё атрофировалось: и совесть, и даже желание жить. Но пусть тогда и память умрёт. Потому что так несправедливо...» – учитель уходил по улице всё дальше, дальше... Вот он скрылся за поворотом. Арсеньев усмехнулся. «Что ещё подскажет мне ненужная память?» – спросил он себя, и тут зазвонил будильник.

Он дал ему дозвонить. И увидел Пушкина, который вместе с ватагой сорванцов пририсовывал парковым дискоболу и копьеметательнице углём то, что было скрыто под спортивной формой.

– И в Летний сад гулять водил! – спрыгнув с пьедестала, бежал его Пушкин к следующей парковой спортсменке.

Наконец...

Будильник дозвонил. Арсеньев встал, набросил на плечи куртку и пошёл к двери. Вот он в машине.

Часа через полтора или чуть больше он подъехал к тому месту, где днём рвал кувшинки. Он остановил машину у самой воды и стал всматриваться в темноту.

Кто-то вышел из-за деревьев и вошёл в воду. Он вздрогнул и пошёл посмотреть, кто это. Метрах в трёх от него огромные пузыри воздуха лопались на поверхности и вода разбегалась кругами. Если это водолазы, то что им делать здесь ночью? Днём нужно было искать. Когда светло... Круги наталкивались на ряску, покрывавшую пруд почти до самого того берега, еле видного в темноте, – директор говорил, там яма, там вода под землю уходит. Уходит! Тогда из какого источника пополняется этот пруд? Что он голову морочит? А, он про речушку что-то говорил. Он по берегу пошёл к тому месту. А ночью здесь не так, как днём! Вот с громким бульканьем поднялась со дна новая порция воздуха, и из-под воды показалась фигура мальчишки. Значит, не водолазы, значит, это он прятался за деревьями. Арсеньева что-то толкнуло в спину, и он вошёл в воду. А ощущал он себя сейчас совсем не взрослым: ему было столько, сколько этому мальчишке, лет восемь. А когда у него был день рождения? Где-то записано. Мальчишка приближался к нему. Над головой он что-то держал. А, челнок для набивания ковриков. Арсеньева опять толкнуло в спину, и он пошёл навстречу мальчишке. Поровнялись. Обоим почти по пояс. Разве можно здесь утонуть? Он глаз с него не сводит, а тому хоть бы хны! Будто не видит! Вот разминулись. Не плеснув водой, мальчик вышел на сушу. Господи, да он неживой!.. Водой не плеснул... А Арсеньева всё толкало и толкало к середине пруда. Он закрыл глаза, и видение пропало.

Он подавил вздох и вышел из машины. Оказывается, он всё время сидел в машине. Он не входил в воду.

Он долго бродил по берегу пруда. Вода чёрная. Какой-то

предмет, белевший в темноте, привлёк его внимание. Он подошёл и вдруг с ужасом обнаружил, что это ботиночек, повязанный «косынкой».

Вздор: ботинок остался в директорском столе. Надо же – выведенный на прогулку ботиночек. «Подружка» мальчика. Директор ящик на ключ закрыл! Надо же... Он сделал ещё шаг и увидел, что это просто камень, к которому приклеилась мокрая бумажка. Тогда он вернулся к машине и пустился в обратный путь. Нужно было кувшинок нарвать, пожалел он по дороге. Когда он подъехал к дому, было уже два часа ночи.

Первое, что он увидел с порога, – пучок жёлтых кувшинок на полу. Неужели он их тогда не выбросил? Машинально пересчитал цветы. Тринадцать цветков. Ну и букетик! Зачем столько? Кто столько подсунул? Кто здесь есть? Там мальчик в воде, здесь кувшинки. Он включил в кухне свет, но тут же погасил. Луна заливала кухню, окно светилось призрачно. Он затаился и прислушался. Так и есть, там кто-то ходит. Ясно: уже сюда добрались. И тогда водолазы – пять лет назад. Не первый случай, определённо не первый. Скрывает, врёт, а там столько их – на дне!.. Значит, сюда добрались. А с какой скоростью они передвигаются? Вот опять тихо. А они что делают – душат? Полон дом призраков! Он выбежал на улицу.

аптек аптека аптек аптека аптек аптека аптек аптека

Это ничего, это вывеска в квартале отсюда.

Он позвонил. Долго никого не было. Вот зажёгся там, в глубине помещения, свет. К стеклянной двери подошла девушка. Как стройна! Как юна! Да она прекрасна до ненатуральности! Таких не бывает! Он опять испугался. Неужели неживая? Здесь теперь караулят? Она спрашивала через стекло. Он молчал: как ей это объяснишь? Потрескивала неоновая вывеска. Отблески ложились на асфальт, окрашивая и его в ненатуральный цвет. Он опустил голову: хотел рассмотреть, что это за цвет, – а девушка, перехватив его взгляд, всё не так поняла. Быстрым движением запахнула халат. На бёдрах, много выше колен. Он поспешил отвести глаза. Улыбнулся. Беспомощно развёл руками: через стекло они не объяснятся. Прижался губами к алюминиевой раме и сказал:

– Какое-нибудь снотворное.

Выпрямился. Нет, тут явно что-то не так. Живые такими красивыми не бывают.

– Рецепт, – понял он по её губам. И на губах у неё эти отблески.

Как бы её обмануть? Полез в карман, вытащил какую-то бумажку. Прижал к стеклу, чтобы спрятать от отблесков: так точно не прочтёт.

Она о чём-то думала. Рассматривала его. Вот повернула в замке ключ и открыла дверь на длину цепочки. Он смотрел на неё и удивлялся раздражению, которое вызывала в нём её красота. Нужно притвориться. Нужно чем-то её отвлечь, спросить о чём-то, а потом говорить, говорить.

– Давайте же ваш рецепт.

Чёрт, ещё и голос ангельский.

– Это не рецепт, вы не поняли. Название лекарства записано. Так часто пользуюсь – чуть ли не ежедневно, и вот забываю! Мне, собственно, всего две-три таблетки... Простите, а как... вас зовут?

Молодец. И всё время говори, говори. Она внимательно посмотрела, прежде чем ответить. А сейчас нужно ей понравиться. Он улыбнулся.

– Франческа.

– Фран...ческа?..

Опять стало страшно. Франческа! Таких имён и нет давно на свете... Только б не обиделась!.. Разве так чего-то от неё добьёшься?

— Вы невероятно красивы, Франческа. Две таблетки мне всего. Нопсирон.

Он закурил. Никуда не годится! Она посмотрела на пачку и проглотила слюну.

— Хотите курить?

— Я не спала – я читала... если можно...

Он показал ей пустую пачку, смял её, отшвырнул. И со всех ног бросился бежать. Остановился, крикнул:

— У меня в машине! Это в двух шагах!

Обрадовался этому, как спасению. Добежал до машины и случайно увидел, что в одной из комнат горит свет. Но он ведь не включал, кажется? Сейчас некогда было вспоминать. Вытащил пачку «Кента». Портативный магнитофон почему-то в машине. Кажется, сегодня не брал. Он подумал, схватил магнитофон и бегом к аптеке.

— Вот, пожалуйста, – он с трудом перевёл дух.

— О, «Кент»! А... это зачем? Спасибо.

Он щелкнул зажигалкой. И просунул в щель магнитофон.

— Не так скучно будет.

Она не брала. Он подумал и поставил на пол, к её ногам. Она опять быстро запахнула халат. Он включил магнитофон.

— А...

— А утром вернёте! – он вздохнул притворно и прибавил: – Эх, а я, видно, сегодня не засну...

— Но я не могу без рецепта... О, у меня тоже есть эта запись! «Пинк Флойд», «Ночь в опере». Или это «День на скачках»?

— А, простите... а почему я вас раньше не видел? Я довольно часто сюда захожу. За нопсироном.

— Я на практике. Вы извините, но я не могу – это очень сильное снотворное. Пять таблеток в один приём – критическая доза!

— Ну, мне пяти и не нужно. Зачем же мне пять? Мне две. Вы в фармацевтическом институте учитесь? Там один мой сокурсник русский язык ведёт. Синявин – не знаете?

– Виктор Игоревич? Такой... строгий.

Арсеньев улыбнулся.

– Знаете, я вам открою один секрет. Так и быть! Он вовсе не Игоревич. Он – Индустриевич.

– Правда? Как смешно!

– Папу Индустрием звали. Одно время давали детям всякие несуразные имена. Он в самом деле строгий? Только вы меня не выдавайте про Индустриевича, ладно? А я, вы понимаете... э... Франческа... завтра докторскую защищаю. И я просто обязан выспаться. Но как выспишься, если с семи утра начнёт ухать эта чёртова штука! Какая-то адская просто машина!

Вот это уже хорошо. И Индустриевич. И про докторскую. И про «бабу». Только она может не знать, что это такое.

– Такая? ...такая, ну... – она не могла объяснить.

– Да! Да! Всё нутро вынимает! Собственно, только поэтому я и решился просить без рецепта...

– Ой, вы знаете, прошлый раз мы тут вдвоём с одной девочкой дежурили, так эта штука!.. Что ж им ночью-то разрешают?

Он развёл руками. Он улыбался что было сил.

Неужели даст? Для неё, в общем-то, приключение. Молодая, ей всё интересно.

– Пытка, Франческа! А вы мне дадите ровно столько, сколько можно. Вы ведь не хотите отправить меня на тот свет, не получив сперва диплом?

– Ой, что вы! Вот! И это у меня есть! Рик Вейкман, из «Короля Артура». Правда, на «Квин» похоже? Ой, что ж я вам наговорила? «Ночь в опере» – это же не «Пинк Флойд», это «Квин»!

А, это она опять про магнитофон. Смешно: давно никому не делал подарка. Хорошая девушка, пусть на память останется.

– Давайте знаете как? Утром вы меня, если, конечно, это вас не затруднит, по телефону разбудите. Не утром – в час дня. На банкет ко мне придёте? – он выжимал из себя всё.

– Я разбужу. Но... что скажут ваши... близкие?

– О, у меня нет близких. Я классически одинок. – Он не врёт: сын профессора утонул, тётя Катя... неужели и тётя Катя?..

Он закурил. Он чувствовал, что она искоса рассматривает его. Неужели понравился? Неужели даст?

– Расфасовка – по двадцать штук...

– А вы отсыпьте из флакончика.

Только б не во флакончике!

– Если б флакончик. Целлофан.

– О господи, что же, Франческа, нам делать? Я буду нервничать и всё завалю. Столько лет работы!

– Давайте ваш телефон! – она достала из карманчика ручку.

Он продиктовал. Она ему – свой.

– А вы записывать не будете?

– Я запомню. У меня хорошая память. Великолепная. Моя диссертация – о свойствах памяти.

– А говорили, название лекарства забываете...

Сейчас он всё испортит, балда.

– Я бы всю ночь с вами простоял... но, Франческа!..

Как смущается! Неужели натурально?

– Я сейчас принесу.

В это время очередная песня кончилась, и магнитофон вдруг принялся издавать нелепые, вздыхающие, надсадно ухающие звуки. Арсеньев оцепенел.

– Что с вами?

Он заставил себя рассмеяться:

– Записал, чтобы вырабатывать иммунитет.

Её не было довольно долго. А «баба» ухала, ухала. Достала его-таки, подлая. И под землёй достанет. Что ж она не идёт? Он и не заметил, что она давно вернулась. Он спохватился: как бы она не заподозрила! – и улыбнулся, нахально заглядывая в глаза.

– Так придёте на банкет?

Он увидел, что она возится с таблетками: не может три штуки от пачки оторвать. Ножницами нужно, глупая, усмехнулся он про себя, и она отвела глаза. Тогда он осторожным движением завладел листком с запрессованными таблетками. Он не сводил с неё глаз и упорно касался её руки. Она была вынуждена выпустить листок.

Слава тебе господи, угомонилась чёртова «баба». Нет, опять...

– А вы не обманули меня с телефоном? – он гладил её руку.

– Ну... что вы...

– Спасибо. Я бегу: сколько там спать осталось?..

– Помните: пять – критическая доза! – предостерегла она вдогонку.

Он обернулся и послал ей воздушный поцелуй. Он спиной чувствовал, что она не сводит с него глаз.

«Баба» догоняла его истошными стонами.

Он входит в квартиру. Простыня какая-то на полу, под ногами. Что за простыня? Как луна всё обливает! «ПТУ № 9». Что ещё за ПТУ? В кухне он, не зажигая света, разрезал ножницами упаковку, зажал таблетки в горсти. Да, воды набрать. Пошёл в кабинет. Споткнулся обо что-то в темноте – не достала сюда луна. Чёрт-те что – челнок, которым тот бедолага набивал свою птицу-рыбу.

Арсеньев споткнулся, таблетки высыпались из горсти и раскатились по полу. Одну поднял, белевшую в темноте, ещё одну. А те аж вон куда укатились! В комнату, где жил сын профессора. Он подавил вздох и переступил порог.

Он нагнулся за таблетками, как вдруг услышал за спиной какой-то звук. Что ещё? Такой звук... ну, такой... ритмично возникающий... Прислушался. Кто-то посапывает во сне. Ушам не поверил. Кто может быть? Постоял в темноте, потянулся к выключателю и зажёг свет.

Свет ослепил его, он зажмурился, но всё равно увидел всё сразу. На кровати лежал сын профессора. Он спал. Слюнка натекла на подушку. Из-под простыни выглядывала грязная нога.

Вся в засохшей глине. Ошеломлённый, Арсеньев подступил на шаг, присел перед кроватью, дотронулся до ноги мальчика, что-то прилипло к руке, и он машинально повернул ладонь к свету. Э, да это же ряска, покрывающая пруд у интерната. Арсеньев опустился перед кроватью на колени и простонал. Мальчик открыл глаза. Прижмурился, глаза трёт, смотрит на Арсеньева. А Арсеньева сотрясали рыдания.

Мальчик совсем недолго смотрел на то, как он плачет. Он спустил ноги с кровати, заглянул Арсеньеву в лицо и заговорил. Быстро-быстро. И рукой вытирал слёзы, катившиеся по щекам Арсеньева.

Мальчик говорил и говорил. Он говорил на каком-то непонятном, кажется, пока даже несуществующем языке. Арсеньев перестал плакать. Мальчик успокоился, улыбнулся. И снова заговорил.

В углу кровати лежала жёлтая кувшинка. Она была повязана «косыночкой».

Арсеньев опять увидел испачканные глиной ноги, сказал сдавленным голосом: «Я сейчас, ты подожди!» – и побежал в ванную. Набрал полный таз воды, попробовал, не холодна ли, схватил мыльницу и – бегом к мальчику. Сколько по дороге расплескал! Поставил таз перед кроватью, осторожными, бережными движениями, заглядывая в лицо, опустил ноги мальчика в воду. И опять заплакал. Мальчик говорил, говорил. Арсеньев поднимал к нему лицо, смеялся и плакал. Достал простыню из комода и промокнул чистые ноги мальчика. А ниточку водорослей под коленом так и не заметил. Сложил ладони, прижал их к своей щеке, к щеке мальчика, опять к своей. Показывал, как спят. Мальчик тоже сложил ладони. И тоже стал их прикладывать то к своей щеке, то к его. Сказал ещё что-то, быстрое-быстрое и почти понятное, лёг и мгновенно уснул. А Арсеньев поднял ладони молитвенно и зашептал в потолок. Слов разобрать было невозможно, он быстро шептал, почти как мальчик. Погасил свет, вышел. Долго стоял у комнаты, где теперь снова жил сын профессора. Вот вспомнил что-то, вбежал в кабинет, поискал глазами ручку. И на каком-то клочке записал телефон Франчески. Улыбнулся растерянно, отодвинул бумажку. Вдруг хлопнула входная дверь. Он удивлённо поднял голову. Нет, опять тихо. Пожал плечами и пошёл проверить. Кто там ходит?

Дверь была на замке. Подёргал. И сразу перестал удивляться. Думать сразу перестал, почему она хлопнула. В конце концов, могло ведь и показаться.

А по лестнице в это время спускалась грузная женщина. У неё было хитрое и очень довольное лицо. Она напевала себе под нос:

Сла ватебее безысхо днаяболь
У мервчераа серогла зыйкороль...

В руках у неё был пучок жёлтых кувшинок.

Было не меньше трёх часов ночи. Луна прошла половину своего пути и теперь через окно дальней комнаты заглядывала к нему в кабинет. Призрачный свет её ложился на гипсовую античную голову, с раной у виска, откуда хлестала кровь. Кровь у Верещагина получилась свежей-свежей – вот сейчас брызнула. Лунный свет гулял по полуденному небу картины, и небо выглядело странно ненатурально: и не день, и не ночь. Непривычно было смотреть на такое небо. Но никто, правда, и не смотрел: Арсеньев сейчас был занят тем, что перекладывал из кулака таблетки нопсирона в такой кожаный чехольчик с нашейным шёлковым шнурком, в ладанку. Таблетки не втискивались в ладанку – иконка мешала. Губы Арсеньева что-то шептали. Ветерок шевелил на столе бумажку с телефоном Франчески.

На следующий день Арсеньев принимал у себя Франческу

и двух её подруг. Одна подруга была страшненькая, а другая вполне ничего. Стол был уставлен сладостями, в бокалах выдыхалось шампанское. Девушки переглядывались незаметно. Вдруг со страхом начинали думать о том, как выглядят их причёски: все три рискнули пойти на эксперимент. Арсеньев, вспомнив о роли хозяина, спохватывался и обращался к ним с каким-нибудь вопросом. Заговаривал он всё время со страшненькой: она нравилась ему куда больше, чем та, вторая подруга Франчески. По дороге в гости Франческа рассказала им, к кому они идут: известный у нас и за рубежом учёный, защитил докторскую. И молодой-молодой: ни за что не поверишь, что ему больше тридцати. Не то чтобы красивый, но — бездна обаяния! После такого вступления и подруги, и сама Франческа просто не могли не чувствовать себя скованными. А квартира, машина, умопомрачительная карьера их нового знакомого, его фантастические перспективы, ну, и, конечно же, молодость и бездна обаяния, – всё это, будучи как следует осознанным, только прибавило скованности. И вот теперь все сидели, молчали и страшились причёсок. Время от времени Франческе приходило в голову, что пригласили их ради неё, и на её божественно красивом лице, – право, пока не увидишь своими глазами, трудно даже допустить, что такое возможно, – на её ангельском лике появлялось горделивое выражение. Оно портило лицо – делало его чуть туповатым.

Девушки перешёптывались. Страшненькая, почувствовав в какой-то момент, что нравится хозяину, попробовала осмелеть, но у неё ничего не вышло.

Рубашка на груди у него была расстёгнута, и в вырезе болталась кожаная, усыпанная бирюзой, ладанка. Ладанку он достал во время последней поездки за древними рукописями на Печору у давнего знакомого, старообрядца. Теперь он надел её на шею, как амулет. Он вчера втиснул в неё все таблетки нопсирона до последней. Иконку пришлось вынуть.

В тишине из глубины квартиры доносился какой-то странный звук. Будто гвоздём протыкали материю.

Он уже дозвонился до Инны. Извинившись, он выходил ненадолго. Закрыв дверь, он говорил в трубку:

— Всё в порядке! Господи, я не знаю, кого мне за это благодарить! Такой грех сняли с души! Ты знаешь, я поверил в сверхъестественное! Иначе как бы сам он нашёл дорогу? Оно его вело! Провидение! Высшие силы! Что? Нет, ты себе смейся, а я всерьёз поверил в Бога. Да, знаешь, он уже даже разговаривает! И мне кажется, что я его понимаю! Что? Да так... Ой, слушай, я и забыл! У меня гости. Гостьи! Собственно, следую твоему совету. Восемнадцать лет. Полный отпад. Начиная с её имени и кончая... да, в общем-то, им же и заканчивая. А? Франческа. Застрелиться, да? Надеюсь, тебе понравится. Ой, самое главное, Инна! Я наконец определил координаты, в которых нахожусь: между вздохом и вздором, Инна! Правда, точно? М е ж д у! Я думал: или-или, а оказывается, между! Минуту ещё поговори! Ладно. Только не обманывай. Буду ждать, звони! Целую! Мужу привет...

Он вернулся к гостьям.

Улыбка блуждала по его лицу: в ушах звучал голос Инны. Он с лёгким удивлением замечал присутствие девушек, он опять, в какой уже раз, спохватывался и сгонял улыбку, адресованную бывшей жене, чтобы улыбнуться им. Как назло, кроме общих слов, ничего на ум не приходило, а говорить общие слова таким замечательным девушкам ему тоже не хотелось.

Вскоре девушки сами нашли тему для беседы. Начав вполголоса, они быстро увлеклись. Они описывали друг другу, какого маху дал на зачёте по фармакологии Владик Однополов, единственный парень на всём потоке. Там были такие подробности — закачаешься! Страшненькая в самых интересных местах смеялась открыто. Сначала при этом она поглядывала на Арсеньева, а потом как-то забыла. А красивенькая закрывала рот ладошкой и в течение всего рассказа не сводила с Арсеньева глаз. Франческа – та уже вполне насладилась гордым сознанием: это всё из-за неё, – и ей захотелось расслабиться. Она вспомнила об Арсеньеве, посмотрела на него, ловя себя почему-то на жалости, и проговорила:

– Алик, хотите, расскажу вам свежий анекдот? Про газон. Один человек решил устроить у себя перед домом газон. Чего только он ни делал! Но газон выглядел очень жалко. Алик, вы меня не слушаете!

Арсеньев отвлёкся от своих мыслей.

– Тогда посоветовали ему съездить...

– Девочки, а почему вы, собственно... – Арсеньев мучительно вспоминал, что именно хотел им сказать, и, так и не вспомнив, добавил: – не едите пирожные?

Франческа милостиво улыбнулась на это замечание некстати и приготовилась продолжать.

Ликующее «порск!.. порск-порск!.. порск!..» раздавалось в тишине.

Где-то далеко, за домами, грохнула «баба». Тяжко вздохнула земля. Арсеньев поднял голову. К окну подойти? Надо же выяснить, за кого они принялись теперь!

Март – октябрь 1978

Об авторе

Константин Лозинский (1942-1996) – писатель, неизвестный читателю, писатель, которого не было. Выпускник журфака МГУ и Высших сценарных курсов, он автор двух романов, нескольких пьес, рассказов и десятков киносценариев, большинство которых (прежде всего из-за его тотальной бескомпромиссности и перфекционизма) остались неснятыми. Сходная судьба постигла и прозу Лозинского: ни в 1960-х, ни в 1970-х его рассказы и романы не совпадали с представлениями рецензентов литературных журналов о том, что должно и могло появиться на их страницах. Но он продолжал писать, уйдя на полтора десятка лет в литературный затвор; его внезапная смерть прервала многолетнюю работу над третьим романом, который писатель считал главным трудом своей жизни.

«Эпизоды мордовской войны», свою первую книгу, Константин Лозинский писал пять лет, но короткий роман «Анекдот про газон», вопреки известному литературному мифу о «синдроме второй книги», был написан всего за восемь месяцев. Действие его происходит в двух временных и географических слоях: Москве второй половины 1970-х и послевоенной Одессе, родном городе писателя. Для Лозинского «Анекдот» стал «Героем нашего времени» в том смысле, который вкладывал в название своего романа Лермонтов, и одновременно – реминисценцией неприютного детства, которое так старается избыть, но постоянно вспоминает герой романа.

«Анекдот про газон» – первая изданная книга Константина Лозинского.

Константин Лозинский
Анекдот про газон

ISIA Media Verlag, Leipzig 2024

Обложка: Сергей Андриевич
Верстка: ORDEN COMPANY LTD

© Константин Лозинский, наследники, 2024
© ISIA Media Verlag, 2024

Напечатано в Германии

ISBN 978-3-910741-53-9